가 끔 은 길 을 잃 고 싶 다

도서출판 성연

| 서문 |

뜨거운 태양은
산허리에 붉은 노을로
물들이며 진한 여운을 남기고
푸른 달빛은 바다 위에
긴 침묵을 남긴다
작은 가슴속에
오랜 시간 간직한
소중한 흔적 하나
누군가에게 한 줄이라도
여름날 소나비 같은 여운으로
남겨진다면
나 기꺼이 바람이 되리라

2024년 8월 김종원

가끔은 길을 잃고 싶다

3부. 달도 외로운가 보다

4부. 봄이 내게 오다

가끔은 길을 잃고 싶다

7부. 참새의 꿈

8부. 김종원 시 평설

정안

인생의 종착역을 향해 한걸음 두 걸음 다가가는 연령의 시인들에겐 그런 설렘보다는 삶을 살아낸 충만함과 넉넉함의 여유가 느껴지고 죽음을 향해 담담히 다가가는 어떤 행복감이 풍겨난다.

모든 걸 거부감 없이 받아들인다는 의미이다. 인생을 누구보다 열심히 치열하게 최선을 다해 살아온 사람이면 미련이나 집착이 남아 있을 게 없다.

그건 미련한 사람들이 남기는 끈적끈적한 욕망의 쓰레기일 뿐이다.

김종원 시인의 작품에선 그런 집착이 묻어나지 않고 지나간 시간을 반추하며 시간여행을 통해 추억의 앨범을 정리하는 작업의 깔끔함이 보인다.

김종원 시인 시 서평 〈가끔은 길을 잃고 싶다〉 중에

예시원(시인 · 문학평론가)

나는 누구인가

1000일

꿈꾸듯 천일이
한날한시도 잊은적 없어

길을 걸어도
밥을 먹어도
숨 쉬듯 생각나는 그 얼굴

무심히 떠난 님을
그립고 그리운 그 님을
보낸 천일

꿈에서조차 눈물이
마를 날이 없고

행여나 잊을세라
손에 쥔 사진 한 장 차마
바라보기 서러워

애써 밀어낸 날들이
아직도 어제 같은 느낌을

또다시 천일이 지나면
난 오늘을 기억하게 될까

가끔은 길을 잃고 싶다

가끔씩 지치고 힘들 땐
아무런 생각 없이
마냥 헤매이고 싶다

정해진 목표와 길에서 벗어나
마음 가는 대로 방황하고 싶다

그냥 살기도 벅찬데
남의 시선 의식하며 산다는 건
나 자신을 혹사 시키는 것이다

난 수십억 사람중 하나일 뿐
난 특별하다고 생각하지 말자
고작 내 주변의 몇몇만 나를 알뿐이다

너무 힘들게 밀어낼 필요가 없다
아무도 나를 기억해주지 않는다
힘들면 쉬어가고

마음의 짐을 내려놓는 연습을 하자
높은 하늘에서 보면 나라는 존재는
아예 보이지도 않을 테니까

성남

때로는 내 모습도 밉다

내 입안의 혀도 깨물 때가 있고

거울에 비치는
나의 멋진 몸매에도
가끔은 화가 날 때도 있다

아무리 맛있는 음식도
질릴 때가 있듯이

모든 걸 다 줘도 아깝지 않은
사랑하는 사람도
때론 미울 때가 있다

영원한 젊음이 없다면
영원한 사랑도 없지 않을까

조금은 양보하고 이해한다면
사랑은 영원할 것이다

가을이 오는 소리에

나뭇잎 하나 둘 떨어지니
바람은 홀로 외로워라

이리저리 흔들리며 야위어 가는 저 달은
어디로 가는 걸까

언덕에 앉아 하염없이 기다려도
낙엽 떨어지는 소리에
긴 밤 애타게 멀어져 가니

가을이 오는 소리에
흔들리는 건 바람만이 아니더라

텅 빈 이내 마음마저
둘 곳 모르고 달빛을 등에 업고
한 호흡에 천리를 오고 가니

가을은 어디에도 보이질 않고
허전한 마음에 옷깃만 여미는구나

가을이 주는 의미

진한 국화 향기에
가을은 소리 없이 향기로 절로 익어간다

아직도 떠나지 못한 나비 한 마리
시들은 꽃잎에 살며시 앉아 보지만
이미 온기를 잃어버린 지 오래다

분주히 움직여도
가을 햇살은 짧기만 한데
먼 하늘 뭉게구름 한가로이 노닌다

조금씩 길어지는 밤공기에
낙엽들은 마른 체온으로 밤을 지새우며
초록의 청춘을 애써 회상해 보지만
밤은 길기만 하다

이제 가야지 그래 가야 해
어두운 밤도 가고 가을도 가야지

머물 수 있는 건 아무것도 없으니
떠날 수 있을 때 떠나야지

청암

괜찮아 다 잘 될 거야

비가 와도 괜찮아
비는 언젠가는 그칠 거니까

이제 곧 추운 겨울이 올 거야
그래도 괜찮아

겨울은 봄이 온다는 소식이니까
아무리 힘들어도
아무리 아파도
괜찮아

언젠가 추억하며 웃을 날이 올 거니까
지금의 아픔은 그저 지나가는
바람일 뿐이야
그러니 괜찮아

바람은 언제나 머물지 않으니까
바람도 아픔도 그리움도
그냥 꿈일 뿐이야

그래 괜찮아
이제는 다 잘 될 거야

성암

그리움 그리고 외로움

그리움은 늘 혼자다

달을 그리워하며
바람을 그리워하며
먼저 떠난 사랑하는 님을
홀로 가슴 시리게 그리워한다

외로움은 늘 혼자다

빛이 없는 곳을 찾아다니며
홀로 눈물짓는다

외로움은 쓸쓸한 밤하늘의
달처럼 늘 홀로 여행한다

별이 수없이 많지만
늘 혼자다
그래도 그리움이 좋다

외로움은 너무 쓸쓸해서
꼭 가을 낙엽 같은 느낌이 금방이라도 눈물이 흐를 것만
같아
봄꽃 같은 그리움이 더 좋다

성남

그리움은 너무 아프다

달빛 그림자 찾아오면
바람 소리에도 그리움이 묻어난다

가슴 깊은 곳에서 흐느낀다
마치 물에 빠져 마지막 숨을 몰아 쉬듯이
그리움이 몸부림친다

꽃이 피려는 걸까
나무들의 진한 산통이 느껴진다

그렇게 흔히 보는 꽃이 건만
그렇게 흔히 느끼는 그리움이 건만
꽃 하나 피우는 것조차 그토록 아프더니

그리움은 얼음물에 온몸을 담그는 아픔이더라
차라리 좀 더 깊숙이 들어가
모든 걸 놓아 버리니 비로소 편안함이 찾아오니
봄 햇살에 꽃 방울의 작은 미소가 되어
하늘 가득 채워진다

그리움의 소리

고요한 밤 잠결에 어디선가
그리운 님의 소리가 들린다

반가움에 둘러보니
애절한 시선만이 허공에 흔들린다

행여나 하는 맘에 귀를 기울여도
무심한 바람 소리만이
내 마음을 후비고 지나간다

환청이라도 좋으니
님의 소리 다시 들린다면 얼마나 좋을까

님의 소리는 너무나 보고 싶어
저 깊은 곳에 잠자던
내 마음이 만들어 낸 소리인가보다

그리움이 작아지려면

불쑥 찾아오는 그리움에
가슴이 저려온다

어떻게 해야하나
참아도 참아도 가슴 한켠이 에이듯
저려온다

늘 잊은 듯이 지내더니
이렇듯 불쑥 찾아오면 정말이지
눈물 나게 그립다

한참을 그렇게 아파하고 나면
조금은 나을 줄 알았는데
오히려 그리움은 더 커져만 간다

언제쯤이면
얼마나 더 아파해야
이 그리움이 작아지려나

나 얼마나 더 살아야

더 얼마나 살아야 너를 알까
얼마나 더 살아야 나를 알까
얼마나 더 살아야
내가 살아온 길을 알 수 있을까

반백년을 넘어 살아도
내일을 알 수 없으니 참으로 헛되구나

무수히 남긴 발자국들은
마치 화석처럼 가슴 깊이 박혀 있어도
얼마를 더 가야 할지 알 수 없으니
오래 산들 무슨 소용일까

버리고 또 버려 무수히 내려놓아도
어찌 점점 더 무거워만 오는데

조금씩 가까워지는 노을이 아름다운 건
지나간 시간보다 아마도 오는 시간이
더 아름다울 거라 작은 기대 때문일 거야

꽃이 핀다고 열매가

꽃이 핀다고 열매가
맺히는 건 아니야
수많은 나무들이
해마다 봄이면 꽃을 피운다

하얀꽃 빨간꽃 노랑꽃
자그마한 봉우리 속에서
꽃은 또 다른 생명의 숨결이 되어
서로의 몸짓으로 피어난다

하지만 꽃이 핀다고
열매를 맺는 건 아니다

비바람에 힘없이 사라지는 꽃
사람의 손길에 영문도 모르고 꺾이어
가는 가련한 꽃

이 순간 꽃을 피우려 얼어붙은 땅에서 긴 시간을 보냈건만
열매를 맺는 건 채 절반도 안 된다

허무하게 사라져 가는 꽃들은
또다시 얼마나 많은 시간을 보내야
작고 귀한 열매를 맺을 수 있을까

어쩌면 사람들도 꽃과 같이
이런저런 이유로 꺾이어
원하는 삶을 사는 건 아닐지라도

그래도 꽃처럼 또 다른 꿈을 꾸며
참고 기다리면
언젠가 봄은 꼭 올 거야

나 붉은꽃 피워 기다릴게

어스름한 저녁 무렵이면
돌아갈 집이 있으니 얼마나 좋을까

찬바람 부는 날이면
모락모락 김이 나는 저녁을 같이 먹을
가족이 있다면 얼마나 행복할까

높은 산 오를 때 지팡이 하나 있으면
더 이상 무엇이 필요할까

엄동설한 두꺼운 이불 하나 보다
외롭지만 않다면 난 행복한 거야

나 죽어 울어줄 이 단 한 명이라도 있으면
난 잘 살아온 거야

가끔이라도 찾아 줄 거라 기별을 해 준다면
나 붉은 꽃피워 기다릴게

언제나 그자리에서
나 붉은 꽃피우고 기다릴게

나는 누구인가

삼경(三更)에 달빛이 흔들리니
대청마루에 볕이 드는구나

법당 마루에 온기 하나 없으니
이 몸은 살았는가 죽었는가

육신은 허공을 헤매이는 데
지금 보고 있는 저 달은 누구의 것이던가

아무도 나를 붙잡지 않는데
왜 오고 가는 길은
바다 위에서 달리는가

어둠 속에서 아무리 눈을 부릅뜬다고
바람은 보이질 않는다

목탁소리 벼락쳐도
오욕으로 가득 찬 몸 무거우니

허공에 물고기 날아간다
어느 생에 법을 만나려나
오늘도 돌부처는 알 수 없는 미소만 보이네

청암

나는 무엇으로 사는 가

끝없이 밀려 나갔다
되돌아오는 파도처럼

어제가 오늘 같고
내일이 오늘 같은 일상 속에서
나는 무엇으로 살고 있는 가

가슴속 진한 아픔을
서글픈 그리움으로 하루하루를
채우며 그저 살아 있음을 느낀다

노을빛 그림자도
지쳐 가는지 자꾸만 길어진다

구름을 벗어난 태양이 찰나의
희망을 주지만
나는 또 이내 구름속으로 숨어든다

삶이 꿈처럼 아련해져 오는데
나는 무엇으로 살고 있을까

나는 지금 어디에 있나

한 호흡에 억겁의 생이 오가고
눈 한 번 감았다 뜨니
어제가 오늘이구나

나는 본시 없는데
나는 과연 누구이던가
나는 어디로 가고 있나

온 곳이 없는데
갈 곳 또한 어디던가

바람에 꽃잎이 떨어지는데
그 바람은 어디에 있나

낮과 밤이 서둘러 오가는데
아직도 나는 꿈속에서 살고 있으니

헛기침 한 번에
산은 모래가 되어 사라지는 걸
누가 알까

| 2부 |

난 작아도 좋다

나는 정말 최선을 다 한걸까

밀림의 왕 사자도 아무리 작은 사냥감이라도
최선을 다한다

그래도 실패를 거듭하고 설사 잡아도
힘센 동료들한테 빼앗기기도 한다
그럼에도 불구하고 사자는 절망하지 않고 또
사냥을 한다

숲속의 작은 새도 한 입 벌레를 벌레를 잡으려
정말 최선을 다해야 한다
나무를 머리가 아프게 쪼아야 하고
수십 개의 구멍을 파야 겨우 한 입거리를 잡는다
하물며 작은 새조차 이럴진데

내가 힘들다고 푸념하거나 남을 원망하며
주저앉는다면 다시 생각해 봐야 하지 않을까
정말 나는 최선을 다 한 것인지

그냥 쉬이 포기 한 건 아닐까

물론 힘들고 지칠 땐 쉬어가고
때를 기다려야 할 때도 있을 것이다

기회는 늘 나의 주변에서 머물고 있다
그러기 위해서는 언제나 최선을 다해야 한다

포기하지 말고 절망하지 말고
다시 올 기회를 위해 건강한 정신과 몸을 가꾸어 나가자
지나간 기회가 돌고 돌아 다시 온다면
그때는 꼬옥 잡아야 하니까

나루에 배 들거들랑

새벽 나루에 뽀얀 물안개 피어나면
누군가 몹시도 그리워 애타게 기다린다고
전해 주려무나

석양 나루에 홀로 비가 내리면
누군가 몹시도 보고파
나루에서 한 없이 기다린다고
말해 주려무나

나루에 배 들거들랑 뒤집힌 두루마리 걸치고라도
버선발로 뛰어가렴

혹시라도 지금 못 보면
어느 세월에 다시 볼 수 있을지 모른단다

나루에 오는 배는 내가 기다린다고
무시로 오는 곳이 아니란다
잊지 말아라

나루에 배 들거들랑
밥 먹다 수저를 물고 서라도 뛰어가렴

성암

나이를 먹는다는 것은

예전에는 몰랐던 것을 점점 더 많이
알게 된다는 걸 알았다

경험에서 오는 소소한 지식들도 늘어만 가고
주변에는 수많은 인연들로 심심할 틈이 없어서
모든 게 영원할 거라 생각했다

가만히 있어도 오고 가는 계절처럼
언젠가부터 주변에는 알게 모르게
이런저런 사연들로 하나둘
오랜 인연들이 떠나가고 있음을 알게 된다

가까운 친지부터 오랜 친구들의 슬픈 소식이
들려오는 일이 많아지고
새로이 오는 인연보다
떠나는 인연이 많다는 건
내가 나이를 많이 먹었음을 알게 해준다

이제는 새로운 인연을 맺으려 하기보다
이별 뒤에 오는 긴 슬픔에 빠지지 않는 게
더 중요한 것 같다

고요한 밤 나뭇잎 떨어지는 소리가
유난이 크게 들려오는 데
내가 지나온 그 많은 시간은 어디로 갔나

난 그냥 지금만 살련다

내일 일 년 후 또는 십 년 후를 생각하며
계획을 세워서 산다는 건
사실 너무 두렵고 힘겹다

알 수 없는 미지의 시간까지
나의 삶 일부로 여기며 살아야 한다면

나는 지금 소중한 이 순간을 잃어버리고
사는 것임을 알아야 한다

내일을 위해 오늘의 행복을 포기하는 건
결코 바람직한 생각이 아닌 것 같다

너무 멀리 내일만 보지만 말고
지금 이 순간 오늘을 행복하게 살자

어차피 먼 훗 날은 오늘 나의 몫이 아니다
내일은 내일의 몫으로 남겨두자

난 작아도 좋다

더 넓은 세상이 아니어도 좋다
많은 것을 가지지 않아도 좋다

작고 깊지도 않지만
밤이면 둥근달이 찾아와 머물다 가고
때론 바람이 찾아와 간지러며 놀다 간다

가끔은 새들도 찾아와 물도 마시고 목욕도
하며 쉬다가 간다

내가 가진 것이 작아도 한없이 넓은 세상이기에
넓고 깊은 강이 부럽지가 않다

비록 작지만
누구나 찾아와 편히 쉬어 갈 수 있어 좋다

남겨진 아름다움

겨울이 내내 미안했는지
마지막 길에 매화를 피워
아름다운 향기를 가득 채워주니

뒷모습이 아름다움에
기억되는 추억은 향기를 남긴다

가고 또 가는 길에서
내가 남긴 것들은
누군가에게는 아름다움이 묻어있을 테고
또 다른 이에게는 섭섭함도 있을 것인데

그것을 내가 알 수 없음이 아쉽다
겨울이 긴 시간 모진 시련을 주어도
매화꽃 향기에 다 잊는 것처럼

기억되는 아름다움이 없을지라도
가끔은 매화 향기가 되고 싶다

매화향 바람에 사라지고
그저 오가는 바람에 실려 흔적하나 없이
매화 향기는 다시 올 겨울을 찾아
먼 길을 돌아간다

청안

내 감정은 어쩌고

상대 감정 상하지 않게 하려고
늘 좋은 말만 해준다

하고 싶은 말이 있어도 참는다
이건 아니야라고 말하고 싶어도
꾹꾹 누르며 참는다

차라리 내가 참고 말지
나의 감정은 언제나 뒷전이다

내 기분 따위는 무시하고 언쟁이 싫어서
그래 너가 옳다면서 나의 감정을 눌러 버린다

용기가 없는 걸까
마냥 억눌러 버린 내 감정은 어쩌나

산을 오른다

가쁜 호흡 속에서 나를 위로한다
그래 내가 참길 잘 한 거야라고
이제 와서 내 감정대로 한다고 뭐가 달라지나

그냥 지금처럼 살자
가끔 산을 찾아 가쁘게 숨을 몰아쉬면서
미안하다고 다독여 주자

세상 살면서 자기 하고 싶은 말
다 하고 사는 사람이 얼마나 있겠니
나의 속 깊은 감정한테는 미안하지만

그래도
세상 사람들한테 뒷말 들을 일 없으니 얼마나 좋아

내가 보는 저 달은

어둠이 깊어 간다
휘영청 둥근달이 나를 보고 있다

오랜 시간 눈 맞춤을 한다
달을 보면 떠오르는 그리운 얼굴
달이 대신 나를 보면 웃는다

나는 달을 보면서
떠난 이를 애타게 그리워 하는데
달은 늘 말없이 싱긋이 웃기만 한다

언제나 나 혼자 바라보고
나 혼자 그리워한다

그래도 달은 꼭 나를 기다려준다
행여나 못 보고 갈까
소나무 가지에 걸터앉아 나를 기다린다

나의 미소에 달이 저만치 멀어져간다
내가 보는 저 달을 어느 하늘에선가

그님도 보고 있을 거야
아마도 잘 있다고 달에게 전해 달라는 것처럼

내가 있어 세상이 있다

정말 아름다운 꽃이 있다
하지만 내가 눈 감으면 그 꽃은 아무 의미가 없다

이미 아름다움은 사라지고 꽃도 사라진다
세상이 바쁘게 돌아가지만
고요한 숲속에 들어가 눈 감으면
바쁘게 돌아가는 세상은 어디에도 없고
오롯이 숲과 나만 남는다

이쁜 꽃도 누군가에게 보여주기 위해 피는 게 아니고
그냥 때가 되어 피는 것일 뿐
내가 없어도 세상은 늘 바쁘게 돌아간다
천국 같은 세상도
지옥 같은 세상도
내가 없으면 그 또 한없다

너무 힘들고 지칠 때 살며시 눈을 감으면
텅 빈 허공처럼 아무것도 없다

모든 건 허상인데 진실인 양 믿어서
생기는 번뇌와 같은 것이다

한 생각에 지옥과 천국을 오간다면
그 생각을 놓아버리면
비로소 진짜의 나를 보게 될 것이다

내가 없으면 이 세상도 없을 테니까

내게 너무 소중한 것들

지금 너무나 소중한 것들이
예전엔 모르고 그냥 지나쳤다

어릴적 온화한 할머니의 미소가 너무나 소중하고
아이들의 해밝은 웃음 소리가
너무나 소중하다

눈 속에 피어나는 매화꽃
얼어붙은 땅 위로 올라오는 수선화
파란 하늘의 하얀 구름이
너무나 소중하다

다시금 돌아올 수 있는 것도
다시는 영영 돌아올 수 없는 것도
하나하나가 너무나 소중하다

그중에서도 아이들의 꾸밈없는
웃음소리가 너무나 그립고 소중하다

지금은 곁에 없는 것들이
소중하다는 걸 이제는 알 거같다

내일은 어디에

어느새 내 나이 일 갑자가 넘어간다
세월을 의식하지 않고 살면서
힘들 땐 그래도 내일은 나아질 거야 라며
언제나 내일을 기다리며 살아왔다

그러나 내일이라고 별 반 다름이 없는 날이였다
힘들 때면 언제나 꿈을 꾼다

내일은 분명 오늘보다는 나은 날이 될 거야
그렇게 자신을 끊임없이 속이면서
살아온 세월이 일 갑자 되어 넘어간다

이제사 돌아보니
내일은 결국 오늘이였음을 알았다

오늘을 잘 산다면 굳이 내일을 기다릴 필요가 없다
그래도 사람들은 기다린다

오늘보다 나은 내일을
이제 나는 내일을 기다리지 않기로 했다

내게 주어진 내일은 어쩌면 내가 볼 수 없으니까
내가 그토록 기다리는
내일은 다른 이들의 몫이 여야 한다

내가 기다리는 내일은 아마도
그게 나에겐 마지막이 될 수도 있으니까

너는 나의 봄, 나는 너의 가을

너는 봄처럼 살며시 내게 다가왔다
따스한 햇살과 연한 꽃잎처럼
차가운 마음에 찾아와
조금씩 조금씩 녹여 주었다

잊지 않고 가끔씩 꽃샘 추위도 찾아왔다
봄은 늘 희망이 가득하였고
보고만 있어도 마냥 행복했다

어김없이 시간은 흘렀고
가을이 찾아왔다
들판에 벼가 누렇게 익어갈 무렵
나는 너에게 가을이 되었다

너를 향한 나의 마음은
여름 햇살에 곱게 익은 사과처럼
붉게 타들어 가는 아름다운 노을이 되었다

계절은 변해 가도
너는 영원한 나의 봄이었고
나는 언제나 너의 붉은 가을이었다

성남

| 3부 |

달도 외로운가 보다

눈을 뜨고도 볼 수 없기에

눈을 뜨고 있다고 다 보이는 건 아니다
볼 수 있는 것보다
볼 수 없는 게 더 많은 걸 알게 되지

손이 있다고 다 만질 수 있는 건 아니다
만져질 듯 만져지지 않는 것도 너무 많아
다리가 있다고 어디든 다 갈 수 있는 건 아니다

누군가 지나간 길이고
언젠가는 가야 할 길이지만 갈 수가 없다

입이 있다고 다 먹을 수도 없고
하고 싶은 말 정말 많아도 다 할 수도 없다

보이지 않아 만져지지 않아 갈 수가 없어서
가슴 시리게 그립고 그립다

언젠가 눈을 감고도 갈 수 있는 그 날이 온다면
아무리 멀고 아무리 힘들어도 괜찮아

내가 찾아 갈 거니까

청암

님 에게 가는길

밤새 날이 새기만을 기다리며
꼬박 뜬눈으로 새벽을 맞이한다

결코 멀지 않은 곳이건만
차마 발길을 하지 않은 긴 시간이
미안하고 미안하다

늘 그리운데
가슴으로 품고 또 품으며
피같은 눈물을 울컥 쏟아낸다

저 멀리서 부터
이미 소리 없이 눈물 가득 흐르고
보이지 않는 님의 모습에

가슴이 찢어진다
새벽을 가르며 달려 왔는데

환한 님의 모습 그리며 달려왔는데
서러움의 비만 처량하게 내린다

빗물에 눈물을 감추고 한참을
그렇게 울고 또 울어본다
차마 뒤돌아 서지 못하고 자꾸만
머뭇거리며 뒤돌아본다

눈물로 가득한
님에게 가는길이
언제쯤이면 미소 지어지려나

청안

다 멋질 필요없다

곧게 자란 나무보다는
등 굽은 나무가 아름답다

무수히 많은 무리속 꽃보다는
홀로 외로이 핀 꽃이 더 아름다워 보인다

너무 멋지게 보이려 애쓰지 말자
어쩜 남들은 그렇게 관심있게
보지는 않을 테니까

혼자서 남에게 잘 보이려 꾸밀수록
나 자신만 힘들어진다

곧게 자란 나무가 되기 보다는
이리저리 등 굽은 나무가 되어 보자

무리속의 꽃송이 보다
홀로 고고히 피어나는 꽃이 되어 보자

나만의 색깔로
나를 지켜 나갈 때
진정한 아름다움이 묻어난다

청암

다시 돌아 올 거라 기다려 보지만

다시 돌아온다는
말 한마디 없이 훌쩍 떠나 버렸지만

나는 아직도 기다린다
언제일지는 몰라도 꼭 돌아올 거라고 믿으며
꽃이 피고 지길 여러 해가 지났다

몹시도 오랜 가뭄에 비를 기다리듯이
애타게 기다려도 소식 한 줄 없다

또다시 꽃이 지고 있건만
봄에 안 오시니 가을이면 오시려나

홀로 웃으며 떠났는데
홀로 울면서 애타게 기다린다

다시는 돌아오지 않을 거라는 걸 알지만
꿈속에서 한 번이라도 만날 수 있다면
가지 말라고 돌아오라고 애원하고 싶다

무심한 바람에 꽃잎이 다 지더니
내게 한 잎 남은 꽃잎 조차 과분한 지
다 가져 가 버렸다

이제 남은 것은 기다림에 지친 상처투성이의
작은 심장 하나 뿐

성남

단점(短點)과 장점(長點)

나에게 주어진 단점들은
어쩌면 천형(天刑)처럼 느껴진다

고치기도 어렵지만 극복하기도 어렵다
매 순간 마주하는 단점들로 인해
유능한 장점들은 늘 묻혀버린다

하지만 이 단점들이 나에게만 보이는 걸까
남들도 나의 단점을 보고 있을까

아마 보기는 하겠지만 마음 깊이 담아 두지는
않을 거라 생각한다

왜냐하면 그것은 그들의 문제가 아니기 때문이다
다른 이들은 단점에 가려진
나의 장점을 보고 있을지도 모른다

나 역시 남들의 단점을 깊이 생각하지 않는다
남들은 별 관심도 없는 단점에 힘들어하지 말고
단점은 또 다른 장점이 될 수도 있으니
나의 장점을 찾아서 단점을 가려 버린다면

단점은 결코 흠이 될 수 없다

달도 외로운가 보다

달도 외로운가 보다
어두운 밤에 홀로 지새며
흘린 눈물이 작은 별이되어
달을 바라본다

달 곁에는 늘 작은 별 하나가
손을 내밀듯 가까이 있다
때론 눈썹달로 별에게
눈웃음 보낸다

별의 미소는 온 밤을 밝게 빛나게 한다
달도 외로운지 늘 별과 손잡고
밤 하늘을 지킨다

둘의 속삭임에
해가 뜨는지도 모르고
낮엔 하얀 모습으로 남겨진다

달도 나처럼 누군가 그리운가 보다
밤에도 낮에도
쉬이 자리를 떠나지 못하고
기다리고 또 기다린다

성남

달빛 웅덩이

무심히 마주한 웅덩이에
둥근달이

손에 잡힐 듯 담겨있네
두 손으로 고이 뜨다가
님에게 바칠까

살며시 손 담그니
뽀얗고 둥근달이 일그러진다

괜시리 미안해
한참을 바라보다 아쉬움에
발길을 돌린다

동백꽃

잊혀질까 두려워

달빛조차 얼어붙는 겨울밤에도
푸른 잎을 버리지 못하고

모두가 잠들 때
석양을 닮은 붉은 꽃을 피운다

찬바람이 온몸을 휘감고 돌아도
차마 꽃잎 하나 떨구지 못하고

꼬옥 붙들고 송이채 뚝 떨구고선
달빛이 어둠에 잠기면

봄이 오는 소리에
긴 잠에 들어간다

마음 비우기

구름을 베고 누운 하늘을 보면
세상은 그저 한 줌 모래성 같은 것

보이지 않는 바람에도
세상은 흔들리는데

천년을 살 것처럼 욕심으로 뭉쳐진
삶은 안타까울 뿐이다

오늘 하루도 얼마나 많은 죄를 지었을까
순간순간 솟아나는 탐욕이
작은 몸속에 차곡차곡 쌓인다

바람에 실려가는 구름처럼 가벼워져야지
욕심과 탐욕을 버리고 또 버려
어둠을 밝히는 작은 별이 되어보자

이젠 다른 이의 아픔을 공감하고
작은 것 하나라도 나눌 수 있는
본연의 모습으로 돌아가자

너무 늦어 후회하지 않게

청암

마음안에 무엇이 있길래

마음밖에 한 발자국도 못 나가면서
무슨 생각이 이리도 많을까

내 안의 나도 못 다스리면서
마음 가득 걱정을 짊어지고 살아간다

문밖에서 꽃이 피어도
마음 안에서는 늘 눈이 내린다

눈 한 번 감았다 뜨면
구름은 사라질 텐데

마음 안에 꼬옥 가둬 두고서는
마음 밖에서 찾아다닌다

그 어디에도 진정한 나는 없고
바람같이 온 세상을 휘젓고 다닌다

한 생각이 멈춘 자리를 마주하면
비로소 그마음을 보게 될 것이다

청안

마음은 어디로 가나

몸은 대지처럼 강하지만
비가 오지 않으면 이내 사방으로 흩어지고

마음은 하늘처럼 넓다지만
때론 바늘 하 나 세울 곳이 없더라

잠시도 머물지 못하고
사방천지로 뛰어 다니며
봄날 꽃비를 닮은 것 같은데
여름 날에 태풍이 되기도 한다

내것인데 내것이 아니고
분명 있지만 어디에도 없으니

고요함 속에 천둥소리는 아마도
꿈속을 헤치고 다니는
마음의 소행일 것 같은데

찾으려 애쓰면 이미 저만치서
먼 산 보듯이 나를 바라보는

너를 내 당당히 마주 볼 수 있는 날이
언젠가는 오겠지

청안

무슨 미련이 이리도 많을까

남기면 안 되는데
걸음걸음에 가을 낙엽마냥 많이도 쌓였네

어쩌나
바보같이 다 가져 가지도 못 할 걸
애써 외면해 보지만

가슴 깊은 곳에서부터 아려온다
꺼내보니 한 줌 가치도 안 되는 걸
가슴속에 빈틈 하나 없이 채워져 있으니

한없이 무겁고 무겁다
한 여름 소낙비처럼 다 쏟아 버릴 수 있다면
미련보다는 기다림이 더 클 것 같은데

더 이상 미련일랑 두지 말고
어느 하늘에서 만나지려나 기다려 보자
가을 하늘이 무척이나 높다

뭉게구름 하나 미련 없이 잘도 가는데
어찌 구름인들 미련이 없을까

청암 배성근

물과 바람과 시

시는, 마치 바람처럼 흐른다

흐르다 막히면 돌아가면 그만이다

결코 맞서지 않지만
때론 성난 사자처럼 사납다

어둠은 잠시의 시련을 주지만
잠들지 못하는 밤
바람 소리는 너무 크게 들려온다

고통이 없는 삶은 어쩌면 너무 건조할 것 같다

수많은 아픔을 한 줄의 글로
다 담아내고 물처럼 바람처럼
돌아서 가기도 하지만 당당히 맞설 줄도 알고
누군가의 가슴에 깊이 남겨진다

물안개

하얀 물안개 새벽공기를 가르고
냇가에 피어나니

가는 밤이 아쉬워 차마 넘지 못한
조각달은 산허리에 걸려 한숨짓고
붉은 태양이 두려워도 한 몸 숨길 곳조차 없네

가야 할 때 가지 못하고
머물 때 머물지 못하니
세상사 모두가 아쉽다

물안개 아침 햇살에 이내 사라질 텐데
하얀 달은 어디서
다시 올 긴 밤을 기다리고

오고 감에 자유로운 영혼은 어디에서
뜨는 해를 기다릴까

미움과 용서

정말 미워서 미운 마음이 들기도 하지만
그래도 혼자서 조용히 용서를 해본다

때론 그냥 애써 잊어버리려고 외면한다
용서가 되는 사람이 있다

하지만 용서 하기 싫은 사람은
자꾸만 작은 이유를 찾아서라도
미워하는 마음을 가지려 한다

그 마음을 사실 상대는 모른다
그냥 나 혼자서 용서하고 미워한다

미워하는 마음이 크질수록 내마음의 상처도 커져만 간다
내 마음이 편해지려면 상대가 알아주지 않아도
용서하는 게 제일 좋다

용서는 상대를 위함이 아니고
나를 위하는 길이기 때문이다

괜한 일에 홀로 에너지 낭비하지 말고
훌훌 털고 잊어버리자
나의 소중한 마음을 위해서

봄이 내게 오다

바라는 게 없다면

섭섭할 일이 어디 있으며
다툴 일 또한 뭐가 있을까

상대에게 바라는 게 많을수록
원망과 다툼은 많아진다

베풀 때는 바라는 바 없이 베푼다면
내 마음이 더 편해진다

작은 바램이라도 생긴다면 마음 한구석에서 섭섭한 마음
이 웅크리고 있으니
쌓이고 쌓이면 언젠가 터지고 만다

그러기에 바라는 바 없이 주자
받는 건 작은 행복이지만
바램 없이 준다는 게 더 큰 행복임을
안다면 참으로 잘 살고 있는 것이다

바람이 산을 깨운다

바람이 산을 깨워 나무를 흔들고
바람이 바다를 깨워 파도를 흔든다

바람의 작은 숨소리에
나는 거칠게 흔들린다

산과 바다는 늘 그자리에 있는데
바람이 흔들어 어둠이 사라지고
지난 어둠 속에 슬픈 바람이 지나면
나는 또 무척이나 흔들린다

바위처럼 늘 그 자리에 있고 싶은데
흔들며 지나는 무심한 바람에
먼 산 가득한 그리움 마저

오늘도 흔들고 지나는 바람에
가슴 시린 사연들만 길 위에 나부낀다

바람 소리에 눈물 흐르고

석양이 붉게 타오른다
붙잡지 않아도 홀로 산을 태우고
아무렇지도 않게 무심히 넘어간다

때가 되면 절로 가는 것들
꽃도 기다리지 않아도 피고 지는데
붙잡을 수 있는 게 무엇일까

곁에 있을 때는 알 수 없지만
어느 날 한 마디 말도 없이 훌쩍 떠나버리면
하늘이 무너지기라도 한 것처럼
세상엔 한줄기 빛조차 사라져 버린다

시간이 흐르고 흘러도
품에 안고서 보내지를 못한다

가슴이 다 녹아내려서

이젠 보내야 하는데
이별은 너무나 힘들다

바람소리가 발자욱 소리같아 자다가도 일어나
문쪽을 한없이 바라본다

길 가다 아이들 소리만 들려도
나를 부르는 것 같아 뒤돌아 본다

웃음소리가 저리도 밝고 맑은데
달은 왜 저리도 밝은 걸까

금방이라도 부르며 뛰어올 것 같은데
차마 보내질 못 하겠다

보내야 하는 걸 알면서도
이별하기는 너무 힘들고 아프다

바람부는 강가에서

하얀 자갈 가득한 강가에 앉아
무심히 강을 바라본다

어디선가 살며시 다가온 잎새 바람이
물 위를 걸어간다

바람이 남긴 발자국이 깊게 새겨진다
마치 내 마음에 도장이라도 찍듯이
꾹꾹 누르며 지나간다

송사리 무리들 화들짝 놀랜다
멍하니 오래도록 물결을 바라본다

바람은 발자욱을 남기고 떠나가지만
나는 오랜 시선을 남기고도 떠나지 못하고
다시 올 바람을 기다린다

마치 약속이라도 한 것처럼
하얀 자갈이 붉게 변해 가도록 일어나지를 못하니

마치 위로라도 하려는 가
꽃잎 하나 날아와 살며시 내려앉는다

청남

바쁘게 산다고

지난 시간 되돌아보니
늘 바쁘게 살았다

바쁘게 살다보니 덩달아 시간도
바쁘게 지나갔다

내가 바쁘니 시간도 바쁜 걸까
홀쩍 가버린 시간들

그리고
가련한 나의 인생에
남겨진 건 허무함뿐이니
이젠 느리게 살아야겠다

내가 느리게 살면
시간도 느리게 흐를 테고

내가 멈추면 시간도 멈출 것이다
이처럼 내가 하기 나름인 시간을
예전에는 왜 몰랐을까

밤하늘이 아름다운 것은

짙은 어둠 속
밤하늘이 아름다운 것은

어디엔가
작은 별이 빛나고 있기 때문이며

인생이 아름다운 건
어딘가에서 기다리는 행복이 있기 때문이다

지금의 어려움에 주저앉기보다
어딘가에 있을

행복을 기다리는 마음으로
조금만 더 힘을 내자

봄이 내게 오다

봄의 중간에서
봄이 내게 왔다

아직 얼굴도 모르지만
마치 오랜 지기처럼

작은 상자에 정성스럽게 담겨
봄이 내게 불쑥 찾아왔다

한참을 마주하였다
가슴 한켠 이 찡해져 온다

늘 잊고 있던 봄이
누군가의 정성이 가득 담겨
이렇게 나와 마주하고 있다

봄
참으로 고맙다

별이 되어 버린 사랑

바람이 분다
별이 바람에 흔들린다

어둠이 자꾸만 깊어간다
나는 어둠속을 헤메이고
별은 바람에 헤메인다

별이 되기 전에
봄날의 따스한 온기를 주는 햇살이었는데
몹시도 추운 어느 겨울 홀로 훌쩍
밤하늘의 별이 되어 가버렸다

별은 밤하늘에 빛나는데
어둠은 이내 찾아올 새벽에 눈시울 젖는다

또다시 이별인가
나에게 새벽은 희망이 아니고

이별의 시작인 걸

별은 웃으며
새벽의 뒤안길로 점점 멀어져 가고
나는 또 다시 올 어둠을 기다린다

그렇게
바닷가 소녀는
바다의 소리 들으며
파아란 하늘 닮아가는 것일까

보고 싶은 사람아

바람 불면 그냥 보고 싶다
바람결에 그대 향기 실려오면
길 걷다 우연이라도 보고 싶다

비가 오면 우산도 없이 비를 맞으며
일부러 찾아가서라도 만나고 싶다

만나면 말없이 바라만 보아도 좋을 사람
꿈에서라도 보고 싶은 간절한 사람
한 번쯤 싱긋이 웃어 준다면
아마도 세상을 다 가진 기분이 될 것 같다

어쩌나 마음속에 담아둔 사람을
혼자 몰래 꺼내 볼 수도 없어
늘 보고 싶은 간절함에
나 잘 있다고 내 걱정은 말라고
바람결에 실어 보내고 싶다

그대 잘 있다고 꿈에 찾아와
잔잔한 미소 지어 준다면
꿈속의 밤이 아무리 길어도
아침이 기다려지지 않을 것 같다

성남

봄 향기를 담으려

봄 향기 너무 좋아
작은 소쿠리 들고
봄 동산을 올랐다

사방으로 봄 향기가 가득하다
소쿠리에 욕심 가득 담아서
빈자리 보일세라 꾹꾹 눌러서 담고서
가벼운 발걸음으로 집을 향한다

오는 내내 향기가 주변을 맴돈다
향기가 나를 감싸고 있는 건지
내가 향기로 목욕을 했는지
정신마저 아득해 온다

오래오래 담아두면 좋겠는데
빈 소쿠리에 봄은
향기는 어디로 가버리고
내 욕심만 가득 담겨 있네

봄의 향기는 어느새 추억으로 남겨지고
푸른 잎사귀에 맺힌 이슬처럼

잠시 머물다 떠나가는 저 봄을
언제 또 만나지려나

봄이 오는 내음

남녘의 따스한 향기를 가득 머금고
차가운 들판을 서둘러 지나간다

흔적조차 없건만
남겨진 향기를 느낀 건가

채 녹지 않은 눈 사이에서는
매화가 피어난다
진한 꽃향기 놓칠세라
한 아름 가득 품고서

바람은 또 요란한 소리만 남기고 달려간다

봄은 소리보다
언제나 향기로 먼저 다가온다

붉은 팥죽

동짓달 밤 달빛 창이 울부짖는다
무슨 하고픈 말이 그리도 많을까

달은 점점 이지러지는데
차가운 바람 소리는 더욱 커져만 간다

그 소리에 괜히 두렵다
밤새 한약 달이 듯이 정성 들인
붉은 팥죽이 익어간다

동쪽으로 한 줌
서쪽으로 한 줌...
중얼중얼 주문을 외우며 사방으로 흩뿌린다

아마도 두려운 건 바람소리가 아니고
어딘가에서 보고 있을 붉은 기운이련가

붉디붉은 팥죽 한 숟가락에
또다시 한 해의 안녕을 바라본다

봄이 오는 소리

봄은
소리로 먼저 온다

계곡에 얼음이 녹는 소리
마른 나무에 물이 오르는 소리
아무도 모르게 꽃이 피어나는 소리로

봄은
향기로 먼저 온다

겨울 향기 가득한 곳에
매화 향기 가득 피어나니
시샘하듯이
서로가 서로의 향기에
앞다퉈 자신만의 향기를 피워낸다

봄은

바람소리에
꽃의 향기에
오는 듯 아련하게 느껴지지만

어느새 저만치 멀어져 간다

청암

비처럼

비는 늘 새로 태어난다

땅 위에서 태어나고
강에서 태어나고
바다에서도 태어난다

하지만 비는 태어날 곳을 고르지 않는다
태어난 곳에서 주어진 삶에 최선을 다한다

엄청난 높이에서 떨어지는 두려움과 함께
땅에서 물에서
아픔이 없이는 태어날 수가 없음을 아는 걸까

땅속 깊숙이 스며들어 긴 시간을 웅크리고
기다리고 또 기다리며
오로지 남을 위해 태어나서 살다가 간다

그럼에도 오고 감의 흔적 하나 남기지 않고
붉은 태양이 뜨면 바람이 되어
산산이 흩어져 버린다

빈 자리

빈자리에
허공을 향해 손을 흔들어 보지만
텅 빈 바람만이 지나간다

빈자리가 너무 크다
무엇으로도 채울 수 없는
그 자리엔 늘 눈물만이 가득하다

가끔씩 뒤돌아 보면
금방이라도 손을 흔들며
환하게 웃으며 달려 올 것만 같은데
멀어지는 발자욱 소리에
가슴이 미어진다

떠나는 이 보다 남겨진 자의
빈자리는 너무나 크고 깊어
태양이 아무리 크다 한들
채우기 어렵고 바닷물이 아무리 깊어도
채울 수가 없다

어차피 채울 수 없는 빈자리기에
바람이라도 가득 채워보자

| 5부 |

세월이 가면

사랑은

얼굴을 간지러는 바람이 보이지 않아도
그의 존재를 알 수 있듯이

눈을 감아도 보이고
귀를 막아도 그의 음성이 들린다

내 모든 걸 다 주어도 아깝지 않다
아무런 말 없이 바라만 보아도 행복하고
물만 먹어도 배가 부르다

영원히 내 곁에 있어 준다면 얼마나 좋을까

보이지 않고 만질 수도 없지만
생각만 해도 가슴이 설레이니

그것이 사랑이라고 믿고 싶다

산 봉우리 둥글게 변한다면

뾰족하게 솟은 저 높은 산

오가는 길손 같은
바람에 조금씩 깎이고
붉은 태양에 녹아
둥글게 변한다면

나 홀연히 저 산에 오르리
세상은 높고 높아
감히 오르지 못하고
바람 불면 먼 산만 바라본다

이제나저제나
내가 오를 수 있는 그날이기를

오늘도 하세월에
애꿎게 보름달만 삭이여 가는구나

성인의 기도 소리 머무는 곳에서
고인 잠든다.

산다는 건 죽음을 향해 가는 길이다

누구나 다 알고 있지만
하지만 모두가 잊고 산다

여기저기서 부고 소식이 들려와도
마치 나는 영원히 살 것처럼 잊고 산다

행복한 삶도
고통스러운 삶도
결국에는 죽음을 향해 갈 뿐이다

세상에 제일 공평한 건 죽음이기에
죽음이 주는 의미는
나의 이기적인 욕심을 버리고
이타심을 가지라고 하는데

끝없는 욕심으로 눈이 가려지고
자비의 마음의 문을 굳게 닫고 산다

그러지 말자
언제 죽음의 사신이 데리러 올지 모른다

그때는 아무리 후회해도 늦다
어쩜 지금 내 곁에 와 있을지도 모른다

산다는 건 죽음의 연습이다

아침잠에서 깨어 둘러보니
또다시 살아있음을 느낀다

사물이 눈에 들어오고 호흡이 느껴진다
조금 전에는 죽음 같은 잠에 빠져
아무것도 느끼질 못했다

눈을 뜨고 보는 세상과
잠 속에서 보는 세상은 다르기에
아마도 잠은 죽음의 세계인 것 같다

보이기는 하지만 만져지지 않고
깊은 물속에서도 숨을 쉴 수가 있지만
나의 의지대로 움직여지지 않는다

그와 달리 살아 있다는 건
마음대로 움직일 수 있고 의식을 할 수가 있다
슬픔을 느끼고 기쁨도 느낀다

나의 의지를 묶어 버리는
잠은 끝없는 죽음을 향한 연습이다
삶과 죽음의 칼날 위에서 살아가는 우리는
어떻게 살아야 하는지 알 수가 있다

세상에 의미 없는 것은 없으니
꿈속에서도 나의 의지대로 움직일 수 있게
늘 깨어 있는 정신을 유지해야 한다

생과 사

사는 동안 누구나 행복을 원한다

하지만
신은 모두를 행복하게 하지 않는다

사람들은
신을 찾고 운명을 얘기한다
신은 너무나 멀리 있고
운명은 늘 내 주변에서 서성인다

순탄한 인생은 운명을 잊고 살지만
사는 게 몹시도 힘들면 운명을 탓한다

다들 이렇게 말한다
죽고 사는 건 운명이라 말한다
아니다

운명은 내 손안에 있고
내가 뿌린 씨앗의 결과물이다

세월이 가면

시간이 흐르면 잊혀질 줄 알았다
오히려 더 깊이 새겨지는 건 왜일까

찾아가면 늘 그 자리에서 반겨줄 것만 같다
세상 자리 어디에도 없지만

내 가슴속엔 가득 차 있다
부르면 금방이라도 올 것 같은데

어디에도 없다
마디마디 그리움이 쌓여가는데
걸음걸음에 눈물만 가득하네
보고 싶다 못해 너무 아프다

영원한 이별이
영원한 그리움으로 남겨졌다

석양 같은 인생이라면

여름날의 뜨거운 태양이
다 녹여 버리기라도 할 것처럼 지칠 줄 모르고
붉게 더 붉게 타오른다

마지막 한 방울땀까지 쏟아 내고서도
무슨 미련이 그리도 많은지
느긋하게 서산을 향한다

바람이라도 불어 저 태양을 밀어낼 수 있다면
좋겠는데 그마저 어디론가 가버렸으니
피할 길이 없다

한 쪽 눈 찡그리고 하늘을 원망하니
서산이 조금씩 붉은 빛으로 채워진다
이내 원망과 미움은 어디론가 사라지고
붉디붉은 석양을 마주하며 한낮의 더위는 잊어버렸다

말로 표현할 수 없는 아름다움에
넋을 놓고 오래도록 바라본다

마치 인생의 한 단면처럼 열심히 살다가
마지막 남은 생기조차 다 쓰고 가려는 것처럼
서산을 온통 붉게 채운다

아름다움을 넘어서 황홀하다
이런저런 이유로 최선을 다하지 못한 인생이기에
이제라도 석양이 되어 볼까

긴 어둠이 찾아오기 전에 누군가에게
강렬히 기억되는 석양이 된다면
아마도 잘 살아온 인생이 아닐까

선택

내가 가고 있는 이 길
그 끝에서 나를 기다리는 게 무엇인지

나는 모른다
지금보다 나을지 아님 더 나쁠지
그래도 나는 가야 한다

나의 뜻에 의해 선택했다기보다는
때론 그저 밀려서 가는 것처럼 가고 있다

어쩌면 가끔은 알 거 같은데
알 수 없는 게 인생인지라

가다보면 기대치 않는 행운도 있을 테고
아님 더 큰 시련이 있을지도 모른다 하지만 나는 가야한다

누구나 다 그랬듯이
나도 떠밀려서라도 가야 한다

인생의 숙명처럼
내가 만들 수 있는 인생은 그저 열심히
살아가는 수밖에 없는 것 같다

그래서 더욱 가야 한다
그 길 끝에 무엇이 기다리고 있더라도

정남

세월은 혼자 가지 않고

늘 찬란한 해를 보여주며
꿈과 희망을 가지라고 하고
노을 진 붉은 해를 보여주며
너무 서둘지 말라고 얘기한다

세월도 외로운 가
언제나 홀로 가지 않고
봄을 데려다주더니 훌쩍 데리고 가고
예쁜 가을을 보여주더니
심술 맞게 훌쩍 데리고 가서는
찬바람이 씽하고 지나간다

나는 너를 한 번도 보지를 못 했 건만
너는 언제나 나를 꼭 끼고서 데리고 간다

내가 미워서일까
아니면 내가 너무 좋아서일까

이젠 나 혼자 갈 수 있으니
너도 너 혼자 가렴
우린 이제 어른이잖아

세월이 나를 철들게 하네

가끔 지나온 시간 되돌아보니
잘했다고 느끼는 일보다
후회가 남는 일들로만 가득하다

시간이 흐를수록
모든 게 조심스러워진다
한마디 말도 이내 후회가 되고
경솔한 행동조차 돌아서 생각하면
왜 그랬을까라고 후회한다

진작에 알았으면 안 그랬을 말과 행동들
시간이 많이 흐른 뒤에야
이제야 부끄러워짐을 느낀다

시간이 이제 날 철들게 한다
늦었지만 이제는 늘 깨어 있는 삶을 살아야지
상처되는 말 조심하고

불편하게 하는 행동들 조심해야지

시간이 더 흐른 뒤에
또다시 후회하는 일은 만들지 말자
살아온 날보다
살아갈 날이 훨씬 적게 남았으니까

내일 생을 마친다 해도
최소한 죄책감으로 안타까워 눈 못 감는
어리석은 삶은 되지 말고
한 줌 욕심도 기꺼이 내려놓자

시간이 이제라도 날 철들게 해주니
정말 다행이고 고마워해야겠다

세월이 넘어간다

해가 진다
서러운 마음에 붉은 눈물 가득 품고

또 하루가 넘어간다
오늘을 넘어가는 해는
그냥 하루가 넘어가는 게 아니고
세월을 품고 넘어간다
인생을 품고 넘어간다

지금 보내는 저 노을엔 인생이 담겨지고
수많은 사연들을 품는다

세월은 가면 두 번 다시 오지 못하고
인생 또한 가면 오질 못 하는 데

석양은 무심히 잘도 넘어가네
세월은 남겨지는 게 아무것도 없는 데
나에게 남겨지는 건 온통 철 지난 그리움뿐

숲도 봄이 오는 걸 아네

바싹 메말라 있던 나무들 사이로
어느 날 봄비 오는 소리에
조용한 숲속이 소란스러워진다

빗물에 흠뻑 젖어
실로 오랜만에 긴 기지개를 켠다

뿌리부터 작은 가지까지
물이 오르는 소리로 온통 소란스럽다

봄이 오는 소리에
연두색 잎을 피우기도 전에
붉고 하얀 꽃잎으로 채우고
마치 누군가 그린 그림처럼
생기 가득한 초록의 옷으로 갈아입는다

아무도 보아 주지 않아도
숲은 그저 행복하기만 하다

소풍(逍風)

아득히 먼 곳에서 어디선가
햇살 좋은 어느 날
잠시 쉬어 가려고 왔을 뿐

파란 하늘과
얼굴을 스치는 바람은 새롭다

봄 그리고 여름을 지나고
가을이 지나간다

누군가에게 곱게 접은 편지를 쓰고 싶다
나 이제 집으로 돌아갈 거라고

잠시인 줄 알았던 소풍이
이렇게 길 거라고는 몰랐다
왔던 곳으로 되돌아가는 것도 아니고
새로운 길로 되돌아가야 한다

바쁘게 사느라 느끼지 못했던 풍경을
이젠 바람길을 홀로 느끼며 돌아가야지

꿈에서라도 보고 싶은
사랑하는 이가 기다리는 그곳으로

슬픔은 안개처럼

느리게 느리게 스며든다

문득 고개 들어 보니
사방이 하얀 꽃잎으로 가득 채워져 있다

꿈속이려나
나아 갈수록 더욱 짙어진다

보이지 않는 두려움으로 이리저리 방황한다
몸부림칠수록 온몸을 죄여온다

나도 보이지 않고
불빛조차 묻혀 버리니

나의 세상은 모두가 기나긴 슬픔에 잠겨버렸다
어디선가 바람이 불어와

저 안개를 데리고 간다면
아마 나도 깊은 슬픔에서 벗어 날 수 있으리라

시간은 멈추어 있는데
세월은 잘도 간다

아침에 눈을 뜨면
태양은 늘 그 자리에 있다

마치 시간이 그 자리에 있는 것처럼
언제부터인지 시간이 멈추었다

가끔은 바람의 온도와 향기로
계절이 바뀌어 가는 걸 느낀다

마주 보이는 산은
시간의 흐름에 옷을 바꾸어 입는데
바라보는 나의 시선은 시간을 잊었다

어느 날 문득 거울 속에 비친 나의 모습에는
잊혀진 시간을 고스란히 품고 있었다

멈춘 것만 같았던 시간이

나만 몰랐을 뿐 작은 육체에는
시간이 켜켜이 쌓여만 가고 있었다

이제야 바람이 보인다
붉은 노을의 눈물이 보인다

나의 뒷모습에 가려진 그림자도 보인다
시간이 멈춘 게 아니라
시간에 지친 육신만이 있을 뿐이었던걸
저만치 가버린 세월이 말해주고 있었다

| 6부 |

여백

시간은 약이 아니다

그냥 진통제 일뿐
잠시 잊게 해주는 진통제

시간이 치유 해줄 수 없는 고통도 있어
그냥 훨훨 날려 보낼 수 있다면 좋으련만
십 년 아니 백 년이 흐른다 한들
아픔은 나아지지 않을 것이다

모든 약은 내성이 생긴다
아마도 시간에 대한 내성이 생긴 탓이다

스스로 치유하려는 반응보다
어쩌면 치유를 바라지 않는 마음이 더 큰 것 같다

차라리 그냥 홀로 가슴에 묻어두고
가끔씩 꺼내서 어루만져 주는 게
상처는 더 이상 자라지 않을 것 같다

시간은 결코 약이 될 수 없기에
그냥 그렇게 흘려보내는 연습을 하자

아프면 쉬어가자

바람도 아프면 쉬어가고
구름도 아프면 쉬어간다

꽃도 아프면 신음 소리를 낸다
하찮아 보이는 조약돌조차 구르다 아프면
길모퉁이에서 쉬어 가는데

아프면 쉬어 가자

아파도 아프다 말도 못 하면서
아닌 척 웃고 다니더니
속은 다 문드러져 성한 곳 하나 없네

아픈 상처 바람으로 씻어내고
먼 산 한 번 쳐다보자

마치 누가 기다리기라도 하는 것처럼

어디로 돌아 간단 말인가

수많은 생명이 태어나고 죽는다
부모의 태를 빌어 태어났지만
그 이전에는 어디에 있었을까

태어나 수 십 년을 살아도 어디서 왔는지 모른다
하지만 때가 되면 또 가야 한다

아침에 집 나섰다가 저녁에 돌아가는 것처럼
간단히 알 수가 있는 문제는 아니다
분명 어딘가에서 왔는데
어느 누구도 돌아갈 곳을 모른다
그런데도 돌아가셨다고 한다

그럼 태를 받기 이전의 곳으로 돌아가는 걸까
태를 받기 이전을 모르고
마지막 숨을 거두며 돌아갈 곳 또한 아무도 모른다
그곳을 보고 온 이가 아무도 없기 때문이다

지구 밖은 텅 빈 허공인데
어디서 와서 어디로 가는 걸까

지금 이 순간도 수없이 많은 생명들이 나고 죽는다
그 속에서 다시 오는 생명은 없는 걸까
듣기 좋은 말로 좋은 곳으로 갔다고 하는데

지금 이 순간에도
나는 어디로 가고 있는 걸까

어른이 된다는 거

무척이나
어른이 되고 싶은 적이 있었다
어른이 되면 마음먹은 대로 다 되는 줄 알았고
조금의 노력만으로도 원하는 건 쉽게
가질 수 있다고 생각했다

그토록 원하던 어른이 되고 보니
꿈과 이상이 다르듯이
실제 마주한 현실은 너무나 달랐다
한 끼의 밥을 먹기 위해서도
마음에 드는 물건을 하나 가지려 해도
세상은 어른이라고 그냥 주지는 않았다

어른이 될수록 지켜야 할 것도 너무 많고
하고 싶은 말도 함부로 할 수가 없었다
차라리 철부지 때가 더 좋았음을 이제는 안다

어른이 되어서 가는 길에는
보이지 않는 시선들과 무거운 책임이 늘 마주한다

이젠 바람이 불어도 가슴이 시려온다
아이들의 웃음소리가 너무나 좋다

어른이 되고 보니
내가 누릴 권리보다 양어깨를 누르는 무게가
더 힘겹게 하는 걸 알게 되었다
오랜 세월을 지나고서 돌아보니

어른이 된다는 건
그냥 되는 게 없음을 알아 가는 것이더라

어제와 내일 그리고 오늘

어제는 늘 아쉽고
아픈 기억조차 행복으로 남겨진다

가끔 너무 아픈 어제는
가을바람처럼 가슴 한켠에 괜히 아려온다

내일은 소중한 이에게 받은 선물 같은 것
섣불리 열어 보려니
두근두근 가슴 설레인다

마법상자처럼
내가 원하는 모든 게 다 있을 것만 같아

잠들기 전에는 언제나
내일은 좋은 일만 가득할 거라 기대하지만
어쩌나 오늘은 생각처럼 호락호락하지 않으니
힘들어 자꾸만 어제를 뒤돌아 보고

남은 기대로 내일을 끄집어 내본다

가만히 생각해 보니 그래도
어제보다는 오늘이 나은 것 같다

왜냐하면 나에겐 내일이라는 선물 상자가 남았잖아
오늘 힘들다 주저앉지 말고
내일 나에게 올 선물을 생각하며 힘을 내보자

아직도 많이 남은 나만의 선물들 생각만 해도
너무나 행복하다

언제 다시 보려나

다시는 볼 수 없는 그리움에

꽃잎은 시들어 버리고
하나 둘 먼 길 떠나는 이들은
무슨 마음으로 갔을까

창을 타고 흐르는 빗물은
누구를 그리워하는 것이길래

왠지 자꾸만 서글퍼져 온다
보고 싶다고 아무리 소리쳐도
바람은 날 비웃고 지나간다

꽃잎 지고 뒤늦게
봄날을 그리워하는 것처럼

괜히 하늘만 원망한다

어둠은 무엇을 기다리나

태양을 불살라 먹고
사방을 어둠으로 가득 채우니

제아무리 화려한 꽃이라도
밤을 채운 향기조차 사라져 버려
붉은 달은 갈 곳을 잃어버렸다

지나온 발자국은
바람 소리에 쓰러지고
앞선 이들은 어디에서 머물고 있기에

가도 가도 어둠만 가득하구나
길잡이 별이 애타게 기다려도

새벽은 쉬이 오질 않으니
나의 하늘은 어디에서 빛나고 있을까

여백

아직도 남았으려나 했는데
마지막 남은 열기를 모두 쏟아 내려는지
다시 여름이 오려는 것처럼 덥다

한 겨울에 잠깐의 온기에 속아
피는 꽃처럼
오고 가야 할 때를 모르고
무엇이 아쉬운 걸까
어떤 미련이 남았길래

가끔은 삶의 방향을 잃는다
눈에 보이는 길에서도 길을 잃는데
잠시 후의 일도 모르는 길에서

가을이라고 덥지 말란 법이라도 있나
겨울이라고 꽃이 피지 말라는 법이 있나
사는 것이 지도처럼 정해진 길이 있는 것도 아닌데

가다가 막히면 돌아가면 되고
힘들면 쉬었다 가면 되지

달리기처럼 빨리 가야 하는 것도 아니건만
내일이란 건 내게 남겨진 여백임을 알고
조금씩 천천히 채워나가자

외로움은 그림자처럼

늘 곁에 있지만
굳이 보려고 하지 않으면 어디에도 없다

하지만 내 눈에 안 보인다고
아주 없는 건 아니다

발길에 채이지 않으려고 꼭 한발 앞서 가지만
눈에서 멀어지지는 않는다

불쑥 나타나서 마치 바람처럼
한바탕 휘젓고 간다

어쩔 땐 태풍처럼 생사를 오가기도 한다
외로움은 지독한 싸움꾼이다
늘 싸움을 걸어오지만
그래도 아직은 내가 이기고 있다

끝없이 긴 싸움을 언제까지 해야 하는지
늘 내가 이긴다고 볼 수도 없다
그림자처럼 숨어서 불쑥 공격해오기에
피하기도 힘들지만 맞서 싸우는 건 더 힘들다

지고 싶은 마음도 없기에
이길 수 없다는 것도 알고 있지만
그래도 밝은 햇살은 그림자를 지워준다

원죄 때문에

살면서 피할 수 없는 일들이 일어나고
그 속에 정말 억울한 일도 많이 생긴다

몸과 마음 그리고 금전적 피해들
이런 일은 왜 일어나는 거지
수많은 의문이 일어난다

살면서 알게 모르게 지은 죄의 결과인가
알 수 없는 전생에 지은 죗값을 치르는 것처럼
내가 뿌린 씨앗들을 시절 인연에 의해
내가 거둬들이는 것으로 생각된다

유난히 사는 게 힘들다면
아마도 언젠가 지은 죄의 값을 받고 있는 것이므로
힘들다고 주저앉기보다는

미뤄둔 빚을 갚았다고 홀가분한 마음을 먹는 게
남은 죄의 값을 받을 때 절망보다
기꺼이 받을 수 있는 용기가 생길 것이다

위로 하려 하지 마라

하늘이 무너지는 아픔 앞에
놓여 있는 사람에게는
어설픈 말로 위로 하려 하지 마라

아픔을 온몸으로 부딪치며
힘들게 살아가는 이에게 어쩜 위로는
가벼운 말장난에 지나지 않을 수 있다

그냥 가만히 바라만 봐 주는 게
오히려 위로가 될 수 있다
아픔을 안으로만 삭이는 이는 아프다고
겉으로 표현하지도 않는다

이런 이에게 섣부른 위로는 더 힘들게 하고
안으로 숨어들게 한다

아프다고 밖으로 내비치는 이에게는

이런저런 말이 위로가 될 수도 있다
위로는 쉬운면서 참 어렵다

가끔 너무 진지하지 않게 안부를 묻고
홀로 이겨 낼 수 있는 시간을 주자

차라리 평상시처럼 대해주는 것도 방법이 될 것이다
시간이 흘러 잊을 수 있는 아픔과
영원히 아물지 않는 아픔이 있기에
어설픈 말로 위로는 하려고 하지는 말자

이별 준비

어쩌다 하는 짧은 이별일지라도
마음 한켠이 아려온다

살면서 늘상 겪는 이별이건만
언제나 견디기 힘들다

오늘이 가면 내일이 오는 것처럼
다시 만날 수 있다면 덜 아플까

때론 예고 없이 불쑥 찾아오는 이별은
정말 하늘이 무너지는 것 같은 느낌에
한동안 삶의 의지를 잃어버리고
가슴 한편에 선홍빛 깊은 상처를 안고 살아간다

 내가 안고 가는 상처도 이럴진대
남기고 가는 상처는 또 얼마나 클까
이제라도 조금씩 이별 연습을 해야겠다

너무 많은 정을 남기지 말고
행복한 추억이 될 만큼만 남겨 주자

남겨진 이에게 아주 조금만 아파하게 해야지
가는 이보다 언제나 남겨진 이가 더 아픈 법이니까

이불밖의 추억

1월 햇살이 따스한 느낌에
산을 오른다

그래도 산인지라
오르고 오르니
분명 겨울임에도 목이 마르고
이마엔 땀이 맺힌다

가쁜 숨 몰아쉬며 잠시 둘러본다
깨알 같은 진달래 봉우리 사방에 맺혔다
진한 생명을 두 손으로 감싸 안는다
차라리 활짝 핀 꽃보다 아름답다

아직은 찬바람 가득하니
이불속에 푹 파묻혀 봄을 기다리는지
입안 가득 온기를 물고 불어 보아도 미동조차 없다

그래 이불 밖은 춥단다
남풍 불어 따스해지면 그때 나오렴

여름이 가는 소리

마지막 한 방울땀까지 쥐어짜던
뜨거운 태양의 열기도 조금씩 식어가고

이제 한숨 돌리려나
작은 여유에 사방을 둘러보니

여름 내내 울어대던 매미가 어디로 갔는지
들리질 않고 밤공기를 가르는
작은 풀벌레 소리가 들려오기 시작한다

이제 곧 가을이 오겠지

쓸쓸해지는 느낌은 왜일까
가을을 느끼기도 전에 곧 겨울 오겠지

인연 따라 머물다 가는 걸

따스한 햇살도 잠시 머물다 떠난다
세상의 모든 유정 무정은
시절 인연에 의해 만났다 헤어짐을 반복한다

그 어느 것도 영원함이란 없다
하물며 내 마음조차 수시로 오고 간다
결코 가지 않을 것 같은 무더위도
살을 에이는 추위도
인연이 다하면 가지 말라고 붙잡아도 간다

나의 청춘은 영원하리라 믿지만
정말 잠시다
인생이 그저 한낮의 꿈같은데
우리는 천년을 걱정하며 살아간다

모든 건 오고 가는 걸 안다면
욕심도 재물도 아무런 의미가 없다

세상 위치가 그럴진대 내 것이 어디에 있을까
이제라도
오는 인연에 감사하고
가는 인연 고이 보내주자

| 7부 |

참새의 꿈

인연으로

아침해는 노을과 함께 인연이 다하고
밤하늘의 둥근 달은 새벽 여명 속에
인연이 다해진다

오고 가는 인연들
아무리 잡으려 해도 떠나니 어찌 슬프지 않을까
미워서 보내려 해도 떠나지 않는 건
아직 인연이 다하지 않았으니
굳이 보내려 하지 말아야지

가는 인연에 남은 미련은 아프기만 하니
자꾸만 뒤돌아 보게 되는 건
이별이 슬프기보다는
어쩌면 홀로 남겨지는 두려움 때문일 거야

세월은 흐르는 게 아니고
내가 그들의 곁을 떠나왔기 때문이니
인연에 너무 집착하지 말아야지

오고가는 건 바람 같은 것
앞선 바람이 떠나면 곧 뒷 바람이 올테니
뭐가 슬프고 반가울 일이 있을까

청안

잊고 싶은 사람
잊고 싶지 않은 사람

행여나 꿈에서라도 보일까 두려운 사람
단 한 번이라도 좋으니 꿈에서라도
보고 싶은 사람이 있다

보기 싫은 사람 우연이라도 만날까 두렵고
가슴 시리도록 간절히 보고 싶은데
볼 수가 없어 아프다

세월이 가면 잊혀지는 것도 있지만
세월이 갈수록 더 또렷이 생각이 나는 것도 있으니
잊으려 애쓸수록 더 생각나고
잊지 않으려 애쓸수록 자꾸만 멀어진다

잊는 것도 어렵지만
잊지 않는 건 더 어려운데

차라리 봄바람에 꽃잎 지듯이
그냥 다 날려 보낼 수 있다면 얼마나 좋을까

자연의 소리가 듣고 싶다

이른 아침부터 잠드는 순간까지
너무나 많은 소리들 벗어나고 싶다

고요한 산을 오른다
그냥 모든 소리에서 벗어나고 싶어
다소 가파른 산을 오른다

오직 나의 발소리와 거친 호흡소리만 산을 채운다
이따금씩 새들의 소리가 들린다
고요한 숲속에서 오히려 귀가 열린다 쉬어 가라고

애기 손 같은 나뭇가지 흔들리는 소리
구름이 흘러가는 소리
땀을 식히는 바람 소리가 너무 크게 들린다

눈을 감고 고요히 내면을 들여다본다
잊고 있던 나를 찾아본다 없다
본래의 나는 없고 나 아닌 내가 있을 뿐

주머니 없는 옷

바지 앞에 두 개의 주머니 뒤에도 두 개
이것도 부족해서 위에 옷 안쪽에도
바깥에도 좌우로 주머니다

주머니가 가득 채워지면 어떤 기분일까
지갑 전화기 열쇠 각종 카드들과 동전들
넣고 다닐게 이렇게나 많았던가

보이는 주머니가 이럴진대
마음속 욕심 주머니에는 온갖 금은보화를 가득
채우고도 부족해서
남의 주머니만 자꾸 들여다본다

마지막 가는 길에 입는 옷에는 주머니가 없다는데
저 많은 걸 어디에다 담아 갈 거나

바닷물은 마실수록 갈증이 더 심해지고
욕심 주머니는 채울수록 허전해 한다

이제라도 비우는 연습을 하자
옷에 주머니를 비우면 몸이 가볍듯이
욕심 주머니는 비울수록 마음은 가벼워진다
동전 하나 못 가지고 가는 인생인데
아득바득 욕심내서 채우면 뭐하나

주머니 없는 옷 입고 두 손 쫙 펴고 갈 텐데 끝없이 욕심
내 본들
다 부질없음을 언제쯤이면 알게 되려나

정년

죽음보다 두려운 건

죽음은 두렵지 않다
무릇 생명은 누구나 모두가
언젠가는 다 스러져가기 때문이다

어쩌면 죽음은 정말 공평하다
모든 이들이 하나씩 밖에 없다
제아무리 부자라도 돈 주고 살 수도 없다
그러기에 죽음은 아쉬울 게 없다

하지만 죽음보다 두려운 건 절망이다
피하고 싶어도 지우고 싶어도
절망이 마음속에 자리 잡으면
하늘이 무너지고 세상은 온통 암흑이 된다

그건 순전히 나의 몫이다
그 어둠을 벗어나기에는 많은 시간과
고통이 오래토록 함께 한다

절망을 벗어나기 위해선 차라리 죽는 게
나을 것 같다고 수없이 느낀다

혼자서 부둥켜 안고 그 밑바닥까지 가야
비로소 올라 갈 빛줄기가 보인다

마치 절벽에 매달려 밧줄을 놓아 버린 편안함처럼
목숨은 지켜야 할 것이 있는 사람에게 소중 할 뿐이기에
절망은 정말이지 죽음보다 두렵다

청안

지금 내가 사는 오늘은

시간이 멈춰진 곳은 과거이지만
몸은 늘 내일을 향해 달려간다

하지만 깊은 상처는 과거에 머물고
꿈은 미래에 살고 있다

몸과 마음은 서로 다른 경계에서 살아가기에
어쩌면 현재는 없는 것 같다

들이 마시고 내뱉는 순간 이미 과거가 된다
우리는 세 개의 차원을 동시에 살아간다
과거는 되돌릴 수 없다
미래를 앞서 갈 수도 없는데
오늘보다 나은 내일을 기다린다

어제가 마음속에 있다면
내일 또한 마음속에 있다

너무 아프다고 과거만 생각하지 말고
지금 힘들다고 내일만 생각하지 말자

그냥 이 순간에 최선을 다해야 한다
과거 현재 미래는 하나이니까

지금 보이는 것이 전부는 아니다

바로 앞에서는 전부를 볼 수가 없다
눈 앞에 펼쳐진 사물은
아주 일부만 보이지만

하지만 우리는 이게 전부인 줄 안다
좁은 소견으로는 전부를 볼 수 없는 데도
마치 전부를 다 아는 양 으스대고 다닌다
참으로 어리석은 짓이다

한 발만 물러나서 바라보면
보이는 깊이가 확연히 달라진다

하물며 두 발을 물러나서 바라본다면
세상은 지금 내가 보고 있는 게 다가 아니다

좁은 소견에 사로잡혀 살지 말고
한 발 두발 물러나서 차분히 바라보자
아마도 또 다른 세상이 보이게 될 것이다

지나온 시간들

아쉬울 게 없으면 좋겠다
지나서 뒤돌아 보면
더 나은 선택을 하지 못 한 거에 대한 후회

미련이 오랫동안 남아서 괴롭힌다
이랬더라면 저랬더라면
아마도 이래도 저래도 아쉬울 거 같다

지나간 시간을 자꾸만 끄집어 내서
아쉬워한다고 달라지는 게 있을까
그냥 잊어버리자

쉽진 않겠지만 그래도 잊어버리자
지금 하고 싶은 일은 해보자
안 하면 아마도 멋 훗날 후회하게 될 거니까

하지 못한 지금 이 시간을
나중에 또 후회할지도 모르니까

지금 여기에

늘 고뇌한다
나는 어디에 있나
어디서 와서 어디로 가고 있나

영원할 것 같은
태양도 늘 그 자리서 맴돌고
오늘 지난 바람도
내일이면 다시 그 자리에 머문다

나는 누구이던가
내가 있어 삼라만상이 존재 하는 건지
우주의 존재로 내가 있는 건지
하나의 티끌 같은 존재가
마치 세상을 다 아는 것처럼 오만하다

잠시 머물다 간다
흐르는 물처럼 흘러갈 뿐이다

내가 가지고 갈 건
재물도 가족도 명예도 아니다
수없이 남긴 흐트러진 발자국 마냥
알게 모르게 지은 업보들만 멍에처럼
가득 짊어지고 간다

내일을 기다리지 말자
나에게 어쩌면 내일은 없을지 모른다

지금 이 순간만이라도
지나온 발자취를 돌아보며
참회의 눈물 한 방울이라도 흘려보내서
누구나 기다리는 내일을 웃으며
마주할 수 있기를 기도하자

지금 나는 어디에 있나

지금은 어느 지나간 과거

아닌 것 같아도
지금 내가 지나가는 길은
과거 언젠가 걸어갔던 길이다

스치듯 지나가는 인연도
정말 어려울 때 기꺼이 손 내밀어 주는 사람도
내게 뼈아프게 손해를 끼친 인연도
알고 보면 언젠가 그렇게 주고받은 인연이다

홀로 오는 복이 없고
절로 오는 화도 없으니
지난 세월에 내가 무심히 뿌린 씨앗들이
피어나 지금의 나에게
행운으로 또는 화가 되어 온다

나는 오늘도 걸을 것이다
먼 훗날 언젠가 오늘 내가 남긴 흔적들이

웃음과 눈물로 다가올 것이다

그것도 모르고 어지러운 발자욱을 수 없이 남기며
잘못 걸어온 지난날을 또 후회하게 될 것이다
언제 그랬냐는 듯이

지금이야

살다가 문득 뒤돌아 보니
가장 소중하고 행복한 시간은
많은 사연들이 스쳐가 버린 어제도 아니고
아직 오지도 않은 시간에 많은 기대를 걸고 있는
내일도 아닌 것을 깨닫는데
정말이지 무척이나 오래 걸렸다

늘 어제가 참 좋았는데
지금 힘드니 내일은 좋은 날이 올 거라고
아무리 나 자신을 속여도
언제나 나는 지금 이 자리에 있다

지나간 시간을 되돌아보면 뭐 하나
내일을 미리 당겨쓰지도 말자
어차피 시간은 내가 보내는 게 아니므로
한발 앞서 열심히 달려도
내일이 먼저 오지도 않는다

꼭 행복하고 싶다면
지금이다
지금 이 순간에 푹 빠지자
너무 많은 생각하지 말고

그냥 지금
오늘만 열심히 살자
내게 가장 소중한 순간은 지금이니까

참새의 꿈

하늘 높이 날고 싶다

가진 것 없이 작은 몸으로 태어나
잠시도 머물지 못하고
열심히 날아다녀도
한 끼의 밥조차 배불리 못 먹는 나날들

늘 하늘보다는 땅만 보고 살아간다
해가 져 물어도 돌아갈 집조차 없고
비가 오면 그저 온몸을 웅크리고
비가 그치길 기다리는 수밖에 없다

그래도 가슴속에는 작은 희망 하나
시간이 흘러 몸이 더욱 커지면
긴 날개를 활짝 펴고 푸른 창공을
아무도 나를 얕보지 못할 만큼 더 높이 날고 싶다

꿈에서 깨어보니
오늘은 어디서 주린 배를 채울까

태산도 변해 가건만

영원히 건강할 것만 같았던 육체가
세월의 무게에
서서히 깎기어서 야위어 가는 건

나만 그런 줄 알았는데
앞산의 산봉우리도
세월의 흐름에 비록 느리게 깎기어 나간다

산봉우리도 세월의 흔적만큼은
나랑 같은 걸 어이할꼬

세월 앞에 맞설 자 누구이던가
태산조차 저렇게 변해 가는데

나만은 영원할 거란 이 어리석음을
세월의 흔적을 몰라 보다니

산은 바람의 흐름에 삭여지고
나는 세월의 흐름에 삭여진다는 걸

풀벌레 울음 소리에 가을이 온다

사방이 고요하게 어둠이 내려오면
어디선가 풀벌레 울음소리 들려온다
저 멀리서 불어오는 바람도 가벼워진다

이제 곧 가을이 오려나
낮달 하늘은 높아만 가고
시원한 밤은 길어만 간다

가을이 오면 풀벌레 애타게 우는 게 아니라
풀벌레 울음소리 사방으로 가득 차면
단풍잎 곱게 물들이며 가을이 온다

긴 여름 흘린 땀은 어디론가 사라지고
달빛 아래 하모니는 밤이 깊어 가는 줄도 모른다

가을이 오긴 오려나 보다
툭툭 떨어지는 낙엽소리에

사방이 적막에 쌓여만 가니
괜히 바빠지는 마음과 달리 한편에서는
허전하게 비어만 간다

그래도 가을은 풀벌레가 울어야
가을의 정겨움으로 가득 채워진다

하늘을 담은 항아리

자그마한 항아리를 샀다
뭔가를 담으려기 보다는 투박함이 좋았다

나를 닮은 듯이 배가 불룩한 게
친숙한 느낌에 자꾸만 바라보게 된다

볼수록 입가에 미소가 번진다
비어있는 게 아쉬워 물을 조금 채워서
햇살이 잘 드는 곳에 두었더니

하늘빛 태양이 목욕을 하고 간 뒤에는
바람이 와서 파도를 타고 간다

어둠이 내려오니 별보다
먼저 둥근달이 몰래 목욕을 하고 간다

항아리속이 궁금한지 하늘 식구들

모두가 오가며 들여다본다

눈 내리고 봄이 오면 항아리 속에
어쩜 꽃이 피는 건 아닐까

청안

흔들리며 피는 꽃

봄바람 불어
꽃이 피는 걸까

꽃이 피어서
봄이 오는 걸까

바람이 한결 가벼워지니
서산의 해가 조금씩 길어진다

작은 바람에도
연약한 꽃잎은 떨어진다

이리저리 흔들리며 피는 꽃
거센 바람에 꽃잎이 떨어지는 아픔에도
기어이 봄을 놓치지 않더니
봄의 뒷자락을 바라보며

가을을 준비한다
봄비가 지나간다

이 비가 그치면 숲은 연둣빛으로 채워지고
바람에 흔들리며 피는 꽃은
찬란한 가을을 맞이하게 될 것이다

청암 배성근

행복했던 짧은 기억 하나면

살다 보면 누구나 예기치 않게
한 번쯤은 힘든 일이 닥치기도 한다

벗어나려 애쓸수록 더 깊이 빠지는 것 같을 때
삶 자체가 흔들려 온다

행복은 항상 짧기만 하고
짧은 고통도 늘 길게만 느껴진다

감정의 깊이만 다를 뿐
그래도 시간은 똑같이 흐르고
아물지 못하는 상처는 언제 터질지 모른다

단지 아문 것처럼 보일뿐이지만
행복했던 기억 하나만 있으면
그 어떤 고통도 아픔도
눈 녹듯이 잊을 수가 있다

살면서 최고의 약은 양약도 한약도 아닌
행복했던 짧은 기억 하나만 있으면 된다
되뇌고 또 되뇌면서
세상의 모든 아픔은 사라지게 될 테니까

흔적 하나 남겨지지 않았으면

만약에 내가 작은 물고기라면
어느 시골 물 맑은 시냇물에서 살고 싶다
비 오면 온몸으로 맞으며

언젠가는 꼭
파란 하늘을 나는 꿈을 꾸고 싶다

만약에 내가 구름이 라면
무더위에 지친 나무들의 잎을 어루만지며
나뭇가지에 앉아 새들의 노래를 듣고 싶다

기계 소리가 들리지 않고
사람들의 소리가 들리지 않는

그곳에서
난 바람이 되고 작은 물고기가 되고 싶다
훌쩍 떠나도 남겨진 흔적 하나 없어도 좋다
아무도 나를 기억해 주지 않아도 좋다

앞선 바람이 뒷바람을 돌아보지 않듯이
파란 하늘에 걸린 하얀 낮 달이고 싶다
오고 가는 길에 온통 애증으로 엮고서는
애꿎게 무거운 발걸음 만 탓하지 말고

이내 사라질 숨소리조차
파란 바람이 되어 저 하늘로 날아가 보자

8부

김종원 시 평설

해탈과 평안의 자유를 추구하는 바람의 시인

예시원 (시인. 소설가. 문학평론가)

해탈과 평안의 자유를 추구하는 바람의 시인

예시원(시인·문학평론가)

■ 들어가며

어떤 시인들은 시가 어느 날 행성에서 날아왔다고 표현을 하고 어떤 이는 시가 터져 나와 주체를 하지 못한다고 한다. 또 어떤 이는 시 한편을 생산하기 위해 몇날 며칠을 산고의 고통처럼 앓으며 끙끙대기도 한다. 그처럼 시인들마다 시를 창작하는 과정이나 스타일이 다 다르기 때문에 시는 이렇게 써야 한다 저렇게 써야 한다고 함부로 말할 것은 못 된다. 다만 어떤 시가 좋은 시라는 것은 시인들이면 다 공감하기에 새삼스럽게 다시 언급할 필요는 없을 것이다.

시를 쓰거나 쓴 작품을 모아 시집을 만들어 세상에 낸다는 것은 타자들과의 교감을 형성하기 위한 연대와 소통의 행위이자 신성한 의식이라고 할 수 있다. 김종원 시인의 작품 발표는 시작이라기보다는 정리에 집중하고 있음을 작품을 통해 알 수 있다. 새내기 시인이 등단을 할 때와 첫 시집을 낼 때는 봄날 햇살과 꽃향기를 느끼는 것처럼 풋풋함과 설렘이 있다.

인생의 종착역을 향해 한걸음 두 걸음 다가가는 연령의 시인들에겐 그런 설렘 보다는 삶을 살아낸 충만함과 넉넉함의 여유가 느껴지고 죽음을 향해 담담히 다가가는 어떤 행복감이 풍겨난다. 모든 걸 거부감 없이 받아들인다는 의미이다. 인생을 누구보다 열심히 치열하게 최선을 다해 살아온 사람이면 미련이나 집착이 남아 있을 게 없다. 그건 미련한 사람들이 남기는 끈적끈적한 욕망의 쓰레기일 뿐이다. 김종원 시인의 작품에선 그런 집착이 묻어나지 않고 지나간 시간을 반추하며 시간여행을 통해 추억의 앨범을 정리하는 작업의 깔끔함이 보인다.

흔히 시 창작의 모티브를 불편하거나 불안한 마음 또는 생을 향한 두려움에서 시작된다고 하는 이들도 있으나 김종원 시인의 경우 생에 대한 궁극적인 환희와 즐거움의 표현에서 창작의 모티브가 발현된 것으로 보인다. 희로애락 인고의 세월이 쌓이면 생에 대한 미련이나 집착 보다 자유로움이 더 많아지기 때문이다.

시인은 늘 허기가 지고 그 내면은 불안하며 부조화를 겪는다고 하지만 그것은 어디까지나 단면에 불과하고 시인은 이미 그런 과정을 한참 지나왔기에 이젠 초탈의 경지에 이르렀음을 알 수 있다.

우주의 에너지와 연결된 띠나 통로는 여러 종류와

갈래가 있을 수 있다. 좋은 에너지와 연결되면 긍정적인 에너지가 생성될 수 있고 혼돈과 불안의 통로와 연결되면 그렇게 될 수도 있는데 김종원 시인은 초기의 불안함에서 벗어나 미로와 같은 다양한 스펙트럼에서 자기만의 길 찾기를 통해 시세계를 잘 구축해왔다.

　모든 통로와 길 찾기의 주인은 오로지 시 세계를 창조해 나가는 시인 자신이며 개척해 온 작품들도 본인의 몫이다. 독자들은 공감대를 형성하는 연대와 소통의 동지들이기에 코드가 통하면 함께 동질감을 느낄 수가 있다. 결국 어떤 세계와 연결되느냐는 그 누구의 책임도 아닌 시적 화자 자신에게 있다. 김종원 시인은 비루하고 빛바랜 모습이었던 외로움과 그리움의 날들을 벗어나 빛 샘물 솟아나는 천국과 같은 시토피아를 이미 굳건하게 구축해낸 인생의 주인공이다. 중요한 것은 시인이나 독자 모두가 하나의 관점에서 함께 공감대를 형성하는 동반자가 된다는데 큰 의미가 있다. 이제 그 추억의 앨범 속으로 함께 시간여행을 떠나보자.

가끔씩 지치고 힘들 땐
아무런 생각 없이
마냥 헤매고 싶다

정해진 목표와 길에서 벗어나

마음 가는 대로 방황하고 싶다

그냥 살기도 벅찬데
남의 시선 의식하며 산다는 건
나 자신을 혹사 시키는 것이다

난 수십억 사람 중 하나일 뿐
난 특별하다고 생각하지 말자
고작 내 주변의 몇몇만 나를 알뿐이다

너무 힘들게 밀어낼 필요가 없다
아무도 나를 기억해 주지 않는다
힘들면 쉬어가고

마음의 짐을 내려놓는 연습을 하자
높은 하늘에서 보면 나라는 존재는
아예 보이지도 않을 테니까

『가끔은 길을 잃고 싶다』전문

인간은 누구나 세상에 태어나고 싶어서 태어난 사람은
없다. 의도치 않게 탄생하고 본인이 원하던 원하지
않던 세상을 살아가야만 하는 슬픈 존재들이다. 탄생은

누구에겐 축복이며 또 다른 누구에겐 저주일 수도 있다. 그러나 생물학적으로 높은 경쟁을 뚫고 세상에 태어난 이상 축복을 누릴 당당한 권리가 있다.

김종원 시인의 <가끔은 길을 잃고 싶다> 시집의 내용은 어쩌면 김 시인 혼자만의 고민이 아닌 현대를 살아가는 인간 모두의 공통적인 번민일 수 있다. '길을 잃다go walkabout'는 것은 방향과 목표가 없을 때 인생은 재앙이 된다는 것일 수도 있는데 여기서 김 시인의 경우 너무 지독하게 타인을 의식하고 경쟁하는 과정과 눈치를 살피며 살아가야 하는 한국 사회에서의 피로와 무기력증에 해당된다.

작품 중 등장하는 구절을 보면 화자의 심리 상태를 알 수 있게 된다. '지치고 힘들 땐', '마냥 헤매고 싶다', '목표와 길에서 벗어나', '방황하고 싶다', '남의 시선', '혹사', '힘들게 밀어낼', '힘들면 쉬어가고', '마음의 짐' 같은 표현을 할 땐 이미 심신의 피로감으로 번 아웃 증후군Burnout Syndrome에 빠져 탈진상태라는 것이다.

그나마 다행인 것은 진짜 길을 잃어버리는 기억상실증Amnesia이나 치매Dementia가 아닌 화자 스스로 <가끔은 길을 잃고 싶다>며 힘들면 쉬어가자고 위무를 하며 휴식을 간절히 원하고 있다는 것이다. 제대로 된 휴식은 '나는 누구인가'라는 물음조차 집착 없이 내려놓는 것이다. 완전히 탈진 상태라면 '나는 누구인가'라는 물음조차 의미 없이 그냥 노구라져 있는 상황에 빠질 수도 있다.

　노인이 되면 공통적으로 '젊은이들은 늙어가는 거고 우리는 죽어가는 거니 받아들이며 살아야지'라는 자조적인 푸념을 한다. 그냥 자연에 맡기자는 이야기다. 김종원 시인이 살아온 내력은 이미 작품 속에 녹아있다. 그동안 아무런 생각이나 존재감 없이 살아온 게 아닌 그야말로 누구보다 열심히 치열하게 살아왔음을 알 수 있는 작품이다. 시인의 진정한 휴식은 시를 쓰면서 생각 정리를 하는 것이고 음풍농월吟風弄月하면서 풍류를 즐기는 것이다. 이미 김 시인은 넉넉한 휴식을 즐기고 있는 상태라고 할 수 있다.

그리움은 늘 혼자다

달을 그리워하며
바람을 그리워하며
먼저 떠난 사랑하는 님을
홀로 가슴 시리게 그리워한다

외로움은 늘 혼자다

빛이 없는 곳을 찾아다니며
홀로 눈물짓는다

외로움은 쓸쓸한 밤하늘의
달처럼 늘 홀로 여행한다

별이 수없이 많지만
늘 혼자다
그래도 그리움이 좋다
외로움은 너무 쓸쓸해서
꼭 가을 낙엽 같은 느낌이 금방이라도
눈물이 흐를 것만 같아
봄꽃 같은 그리움이 더 좋다

『그리움은 늘 혼자다』 전문

　김종원 시인이 말하는 것처럼 그리워하는 것도 외
로움을 타는 것도 혼자의 시간이 길었기 때문에 그런
감성을 느끼는 것이다. 어쩌면 그런 홀로 달을 그리
워하고 바람을 그리워하며 먼저 떠난 사랑하는 님을
가슴 시리게 그리워한 마음들이 화자를 시인으로 만
들어준 토대가 된 것일 수 있다.
　'꼭 가을 낙엽 같은 느낌이 금방이라도 눈물이 흐를
것만 같아 봄꽃 같은 그리움이 더 좋다'는 시인의
말처럼 자신이 느껴온 지독한 그리움과 외로움의 감성

보다 긍정적이고 창조적인 에너지가 넘치는 봄꽃 같은 그리움을 더 그리워하는 것은 이미 마음의 그림자를 형성하는 장막을 걷어버린 상태라고 할 수 있다.

계절별로 그리움의 종류가 다른데 한방의 사상체질_{四象體質}에서 여름에 약한 사람은 가을이나 겨울을 그리워하게 돼 있고 겨울에 약한 사람은 봄과 여름을 그리워하기 마련이다. 그것과는 별개로 마음에서 그동안 혼자만의 시간이 너무 길어지면 그림자와 친해져 쓸쓸한 외로움과 그리움을 즐기는 경향도 있다. '빛이 없는 곳을 찾아다니며 홀로 눈물짓는다'는 구절에서 그 그림자의 시간대를 가늠할 수 있다. 불안을 유발하거나 수용되지 못할 감정 혹은 욕구 충동에 대하여, 그것과 정반대되는 경향을 만들어냄으로써 이를 억제하는 것이 방어기제인데 반동형성_(反動形成, Reaction formation)으로 봄을 그리워하는 것일 수 있다.

김 시인은 금방이라도 눈물이 흘러내릴 것 같아 화들짝 놀라 시리고 추운 가을과 겨울보다 봄 꽃을 기다리는 것이다. 봄은 만물이 생동하고 생명이 창조되는 시기면서 여성의 계절이기도 하다. 작품에서 그 고운 봄꽃에 기대면서 안기고 싶은 풋풋한 감성이 창발하고 용솟음치는 것을 알 수 있다.

여기서 김 시인의 감성은 가수 한대수의 '행복의 나라로'처럼 자연에서 춤추는 산들바람을 느껴보고 싶은 마음이 간절하다. 이제 그림자와 결별할 시간이 온 것이다. '봄꽃 같은 그리움이 더 좋다'는 것은 '장막을 걷어라'처럼 가슴이 뻥 뚫리는 해탈과 자유의 염원이며 탈출과 해방의 순간이다.

삼경(三更)에 달빛이 흔들리니
대청마루에 볕이 드는구나

법당 마루에 온기 하나 없으니
이 몸은 살았는가 죽었는가

육신은 허공을 헤매이는 데
지금 보고 있는 저 달은 누구의 것이던가

아무도 나를 붙잡지 않는데
왜 오고 가는 길은
바다위에서 달리는가

어둠 속에서 아무리 눈을 부릅뜬다고
바람은 보이질 않는다

목탁소리 벼락 쳐도
오욕으로 가득 찬 몸 무거우니

허공에 물고기 날아간다
어느 생에 법을 만나려나
오늘도 돌부처는 알 수 없는 미소만 보이네

『나는 누구인가』 전문

깊은 새벽인 삼경三更에 달빛이 없다면 그 때가 가장 칠흑같이 어둡다는 것이고 달빛이 든다면 대청마루가 대낮처럼 밝을 수밖에 없는 시간이다. 육신은 허공을 헤매고 목탁소리에 의지하며 마음을 모아 봐도 오욕에 찬 몸과 흩어져가는 화자의 마음은 어찌할 수 없다.

법고 소리와 처마 끝 풍경소리에 물고기가 날아가는데 부처는 알 듯 말듯 부드러운 염화미소拈華微笑를 짓고 있다. 말이나 글을 통하지 않고도 마음과 마음이 통하는 게 염화미소다. 생명이 있는 물고기처럼 사람의 육신도 살아있으니 당연히 꿈틀거리고 몸부림치며 온갖 백팔번뇌가 생기는 게 당연한 이치다.

성인군자가 아니라면 인간은 생존본능으로 오욕칠정五慾七情의 유혹을 받게 된다. 김종원 시인도 펄떡이는 물고기처럼 움직이는 살아있는 인간이어서 '나는 누구인가'의 화두에 사로잡혀 꼼짝달싹도 못한 채 끙끙대지만 오늘도 돌부처는 알 수 없는 미소만 보인다.

우리 모두는 미지의 세계를 탐구하는 탐험가들처

럼 현재를 살아가고 있다. 자아 성찰自我省察을 통해 자신의 의식이나 관념을 잘 살피고 보호하며 다스리지 않으면 존재감마저 잃어버릴 수도 있다.

나를 돌봄으로서 나를 잃어버리지 않게 보호해 주는 게 '나는 누구인가'를 확인하는 방법이다. 나와 타인의 행동 패턴의 비교나 관찰을 통해 얻는 공감능력을 '거울 뉴런mirror neuron'이라고 하는데 지나친 사회성을 의식하다 보면 눈치를 많이 살피게 되고 정작 자신의 정체성을 잃어버리는 경우가 발생하게 된다.

철학적인 화두에 너무 집착해서 늪에 빠지지 않으려면 '적당한 간격'이나 '수위조절'이 필요한데 김종원 시인은 이미 그 해답을 찾아놓고 있다. '어느 생에 법을 만나려나' 고민해봤자 '오늘도 돌부처는 알 수 없는 미소만' 보이고 있기 때문이다.

'어둠 속에서 아무리 눈을 부릅뜬다고/바람은 보이질 않는다'에서 이미 염화시중의 파안미소처럼 바람의 본질과 물상의 허상과 실존을 꿰뚫어 보고 있기 때문이다. 깨달음은 몇 십 년 입산수도를 하거나 일상에서 존재의 본질을 알아도 단순함과 복잡함의 경계에서 그것을 구분하여 보는 눈과 의식이 깨어있으면 간단한 일이며 시인은 이미 그걸 알고 있다.

새벽 나루에 뽀얀 물안개 피어나면

누군가 몹시도 그리워 애타게 기다린다고
전해 주려무나

석양 나루에 홀로 비가 내리면
누군가 몹시도 보고파
나루에서 한 없이 기다린다고
말해 주려무나

나루에 배 들거들랑 뒤집힌 두루마기 걸치고라도
버선발로 뛰어 가렴

혹시라도 지금 못 보면
어느 세월에 다시 볼 수 있을지 모른단다

나루에 오는 배는 내가 기다린다고
무시로 오는 곳이 아니란다
잊지 말아라

나루에 배 들거들랑
밥 먹다 수저를 물고서라도 뛰어 가렴

『나루에 배 들거들랑』 전문

나루는 여울목이 없는 강이나 좁은 바닷목에서, 배가 닿고 떠나고 하는 일정한 선착장 역할을 하는 곳을 말한다. 포구의 선착장은 규모가 커서 계류장이라고 부른다. 나루는 오고가는 이들마다 사연이 많은 곳이고 강 건너면 다시 돌아오지 않는 이들도 많은 곳이다. 왕복으로 강을 건너다니는 사람들은 고달프게 사는 이들이 많은 반면 편도로 이용하는 이들은 큰 맘 먹고 대처로 나가 살려는 계획을 세운 이들이 많았던 게 사실이다.

김종원 시인의 <나루에 배 들거들랑>에서 화자는 애타는 그리움에 나룻배를 기다리는 누군가가 있다고 메시지를 전하고 있다. 나루에 배 들거들랑 밥 먹다 수저를 물고서라도 뛰어 가렴 하면서 버선발로 나가서라도 맞으라고 사무치는 그리움을 노래하고 있다. 그리움의 대상을 기다리고 있는 건 정작 화자인 시인 자신임에도 3인칭 그 누군가가 애가 타도록 기다린다고 투영을 시키고 있다.

나루에서 화자가 기다리는 대상은 어쩌면 영영 오지 않을 사람이거나 아예 올 수도 없는 곳에 가 있는지도 모른다. 여기서 화자는 이미 그 사실을 알고 있으면서도 이별의 정한을 시로 형상화하여 넋두리처럼 노래하고 있다. '새벽 나루에 뽀얀 물안개 피어나면', '석양 나루에 홀로 비가 내리면'에서 물안개와 비처럼 오랜 세월동안 눈물과 우수에 젖어 있었음을 알 수 있는 대목이다.

그럼에도 불구하고 '나루에 배 들거들랑 뒤집힌 두루마리 걸치고라도/버선발로 뛰어 가렴' 하고 주문하듯 마지막 기회라도 잡으려는 간절한 마음이 절절하게 드러내고 있다. 어쩌면 시인뿐만 아니라 일상에서 이런저런 기회를 많이 상실했거나 아예 그런 기회조차 없었던 일반인들의 마음도 같은 심정일 수 있다. 이 작품을 통해서 김종원 시인은 벙어리 냉가슴 앓는 타자들의 대리인代理人 역할을 하며 이심전심으로 말해주고 있는지도 모른다.

살다보면 누가 어떤 하소연이나 에둘러 자신이 아닌 타인의 일처럼 말할 때 '나 또한 마찬가지 심정'이라고 공감할 때가 있다. 김종원 시인은 3인칭 누군가를 등장시켜 자신의 이야기와 타자들의 이야기를 함께 오버랩overlap시키고 점차 안정을 찾아가며 심리적인 정화淨化를 해나가고 있다.

마음속에 억압된 감정의 응어리나 우울함, 불안감, 긴장감을 언어나 행동으로 외부에 표출하며 마음의 안정을 찾는 방법이기도 하다. 마음이 통하는 대상과 대화를 하거나 상담을 통해 마음속의 이야기를 털어놓으면 심리적인 안정감이 찾아오는데 여기서는 시 창작을 통해 작품으로 드러낸 경우라고 할 수 있다.

너는 봄처럼 살며시 내게 다가왔다
따스한 햇살과 연한 꽃잎처럼
차가운 마음에 찾아와
조금씩 조금씩 녹여 주었다

잊지 않고 가끔씩 꽃샘 추위도 찾아왔다
봄은 늘 희망이 가득하였고
보고만 있어도 마냥 행복했다

어김없이 시간은 흘렀고
가을이 찾아왔다
들판에 벼가 누렇게 익어갈 무렵
나는 너에게 가을이 되었다

너를 향한 나의 마음은
여름 햇살에 곱게 익은 사과처럼
붉게 타들어 가는 아름다운 노을이 되었다

계절은 변해 가도
너는 영원한 나의 봄이었고
나는 언제나 너의 붉은 가을이었다

『너는 나의 봄, 나는 너의 가을』 전문

이 작품은 자연과 계절이라는 추상적인 대상을 의인화하고 늘 외따로 동떨어진 시인의 감성을 '따스한 햇살과 연한 꽃잎'이라는 객관적 상관물로 끌어들여 대화를 이어나가고 있다. 늘 짙은 우수에 젖어 진한 그리움과 외로움을 느끼는 센티멘털리스트인 화자는 그의 정체성, 감정 또는 의도를 인간이 아닌 자연 속의 실체에 귀속시킨 것이다. 그것은 인간 심리의 타고난 본성이라고 할 수 있다.

센티멘털리스트의 특징은 점멸하는 가로등이나 비바람에 떨어지는 낙화를 보며 안타까운 마음을 표현하는 것 같은 무너지는 감성이 많은데 김종원 시인은 이 작품에서 오히려 창조적인 에너지를 창발시켜 봄이라는 계절을 희망이 가득하고 보기만 해도 행복하다고 표현하고 있다.

의인화는 계절과 날씨와 같은 자연적 힘, 감정, 국가와 같은 추상적 개념에 인간의 형태와 특성에 연관된 감성인데 시인은 2인칭 너라는 봄을 바라보며 늘 희망이라는 에너지를 북돋워주며 1인칭 나는 계절의 순환에 따라 밀려나는 가을이 아니라 오히려 더 적극적인 연인의 관계를 설정하고 있다.

'여름 햇살에 곱게 익은 사과처럼 붉게 타들어 가는 아름다운 노을'과 '너는 영원한 나의 봄이었고 나는 언제나 너의 붉은 가을'은 이별의 정한이 아닌 더 불타는 사랑과 연인의 관계로 승화시키며 절정의 클라이

맥스를 보여주고 있다.

　시인은 '따스한 햇살과 연한 꽃잎처럼' 살며시 다가온 봄이라는 여성에게 구애를 하여 마침내 '들판에 벼가 누렇게 익어갈 무렵'인 가을에 '붉게 타들어 가는 아름다운 노을'이 되어 뜨거운 여름 같은 사랑을 나누겠다는 씨억씨억한 남성의 의지를 보여주고 있다.

　불타오르는 사랑은 명멸하는 불빛이나 떨어지는 낙화처럼 무너지는 감성이 아니라 격정적인 에너지를 상징적으로 투영시켜 드러내는 적극적인 표현 방식이다. 이처럼 계절을 의인화한 시들은 많지만 시인의 인생에서 마지막 선택은 너 하나 밖에 없다고 봄을 그리워하며 희망으로 승화시키고 자신을 불타오르는 가을 석양으로 묘사한 것은 그 내면에 섹슈얼한 오르가즘과 절정에 이르는 카타르시스의 폭발음이 밖으로 표출된 것이라고 할 수 있다. 1인칭 화자인 나는 사랑의 화신인 것이다.

곧게 자란 나무보다는
등 굽은 나무가 아름답다

무수히 많은 무리 속 꽃보다는
홀로 외로이 핀 꽃이 더 아름다워 보인다

너무 멋지게 보이려 애쓰지 말자
어쩜 남들은 그렇게 관심 있게
보지는 않을 테니까

혼자서 남에게 잘 보이려 꾸밀수록
나 자신만 힘들어진다

곧게 자란 나무가 되기보다는
이리저리 등 굽은 나무가 되어 보자

무리속의 꽃송이 보다
홀로 고고히 피어나는 꽃이 되어 보자

나만의 색깔로
나를 지켜 나갈 때
진정한 아름다움이 묻어난다

『다 멋질 필요 없다』 전문

　군계일학群鷄一鶴이라는 말이 있다. 닭의 무리에 있는
한 마리 학이라는 뜻으로 변변치 못한 여러 사람 가운데
홀로 뛰어난 사람을 두고 하는 말이다. 김종원 시인의
말처럼 때로는 무리 속 꽃보다는 홀로 외로이 핀 꽃이

더 아름다워 보이는 경우가 있기 때문이다.

혼자서 남에게 잘 보이려 꾸밀수록 나 자신만 힘들어진다는 것도 틀린 말이 아니다. 사람들은 개나 동물처럼 서로 으르렁대고 물어뜯으며 질투하는 성질이 누구에게나 있기 때문에 잘 난 사람을 보면 배 아파하는 이들이 의외로 많다.

삼척이라는 말도 있다. 못난 게 잘 난 척, 없는 게 있는 척, 모르는 게 아는 척 한다고 천덕꾸러기 밉상으로 보는 것을 두고 말하는 것이다. 그럼에도 불구하고 우주와 자연의 만물들은 저마다 정체성Identity을 자랑하며 군계일학이 되고 싶어 한다.

누가 뭐라고 해도 변하지 않는 존재의 본질을 깨닫고 굳건히 유지해나가는 것이야말로 살아있다는 증거이고 생존본능이기 때문이다. 정체성을 없애며 사는 것은 자기는 없는 죽은 삶이며 임상적으로 뇌 활동의 회복이 불가능하게 비가역적으로 정지된 상태인 뇌사brain death와 같은 것이라고 할 수 있다.

김종원 시인은 작품에서 곧게 자란 나무보다 등 굽은 나무가 아름답다며 그런 나무가 되자고 말한다. 그것도 훌륭한 생존 방식일 수 있다. 반듯하게 자란 나무가 군계일학群鷄一鶴일 듯싶어도 사실은 제일 생명력이 짧은 나무이다. 곧게 자란 나무는 비바람에도 잘 꺾이고 사람에게 발견되면 제일 먼저 베임을 당해 훌륭한 재목으로 가공되기 때문이다.

오랜 세월 구불텅 뒤불텅 이리 비틀리고 저리 굽은 나무가 산의 주인이 되고 신선노릇을 하게 되는 건 자연이치인 것이다. 어쩌면 사람도 그런 생존 방식이 장수하는 길일 수 있다. 그럼에도 불구하고 김종원 시인은 마지막 메시지에서 '나만의 색깔로 나를 지켜나갈 때 진정한 아름다움이 묻어난다'며 방점을 찍었다.

나만의 색깔은 나만의 정체성이며 자신이 사랑받을 만한 가치가 있는 소중한 존재이고 어떤 성과를 이루어낼 만한 유능한 사람이라고 믿는 마음인 자존감이기 때문이다. 사람이 사람을 무시할 때 자존심에 상처를 받을 경우도 있지만 자존감自尊感이 무너지면 회복하기 어려운 상황까지 갈 수도 있기 때문에 조심해야 한다.

<다 멋질 필요는 없다>는 상황에 대한 반어법irony으로서 무리 속에서 개성 없이 함몰되지 않고 자기만의 정체성을 살리자고 전달하는 상징성을 가지고 있다. 군계일학群鷄一鶴이면 빼어나게 멋있고 아름다워야 하는데 오히려 구불텅 뒤불텅 굽은 나무를 더 치켜세우는 것은, 타자들과의 관계 속에서도 상처받고 깨지며 옹이가 박힌 그런 나무가 세월이 지나면 태산 같은 바위처럼 굳건해진다는 내면의 이중구조로 중첩된 메시지를 전해주고 있다.

달도 외로운가 보다
어두운 밤에 홀로 지새며
흘린 눈물이 작은 별이 되어
달을 바라본다

달 곁에는 늘 작은 별 하나가
손을 내밀듯 가까이 있다
때론 눈썹달로 별에게
눈웃음 보낸다

별의 미소는 온 밤을 밝게 빛나게 한다
달도 외로운지 늘 별과 손잡고
밤하늘을 지킨다

둘의 속삭임에
해가 뜨는지도 모르고
낮엔 하얀 모습으로 남겨진다

달도 나처럼 누군가 그리운가 보다
밤에도 낮에도
쉬이 자리를 떠나지 못하고
기다리고 또 기다린다

『달도 외로운가 보다』 전문

　서정시에는 해와 달, 별과 구름 등 자연에서 재료를 가져다가 쓴 작품들이 많다. 시적 대상을 달로 정하고 의인화하여 '달도 외로운가 보다'며 상상하는 건 화자 역시도 외로움과 그리움을 느끼고 있는 상태라고 할 수 있다. 그 심리는 5연의 '달도 나처럼 누군가 그리운가 보다'에 나타나 있다.

　오죽하면 밤에만 떠 있어야 할 달이 한낮이 되도록 가질 않고 하늘에 계속 떠 있는 기이한 날도 있다. 그걸 '달 껍데기'라고도 부르는데 '알맹이는 어디 가고 계란 껍데기 같은 달 껍데기만 빈 하늘에 떠 있는가'라며 깐죽거리기도 한다.

　3연에선 '달도 외로운지 늘 별과 손잡고 밤하늘을 지킨다'고 표현했는데 어쩌면 새벽이 오자 부리나케 헐레벌떡 달음박질로 별들이 달아나고 달 혼자만 밝아오는 아침을 맞아야 하니 얼마나 무섭고 외롭겠는가. 아침엔 아주 맹렬하게 뜨거운 태양이 벌겋게 불 달아오르며 기세를 떨치는데 차가운 달이 어찌 견디겠는가.

　결국 계란 껍데기 같은 달 껍데기를 남긴 채 별의 뒤꽁무니를 쫓아 달 알맹이는 힘써 사라져간 것이다. 4연에서 '낮엔 하얀 모습으로 남겨진' 달 껍데기가 바로 그것이다. 이처럼 시적 상상력은 동화의 세계처럼 성인들도 묘한 매력에 사로잡히며 판타지아로 빠지게 해준다.

　우주 만물이 창생하는 과정 중에 태어난 지구와 달의 관계는 해와 별 이상으로 소중한 존재이며 신이 만든 예술품이라고 할 수 있다. 많은 사람들이 달과 별에서 어머니와 가족, 꿈을 그리기도 한다. 달은 자연이 인류에게 준 최고의 선물일 수 있다. 뜨거운 태양이 준 에너지는 인간의 생존을 위한 노동의 원천이 돼 주고 달은 지친 심신에 휴식과 안정을 주는 가정의 어머니 역할을 해준다.

　달의 이름도 월별로 다른데 1월은 해오름 달, 2월은 시샘 달, 3월은 물오름 달, 4월은 잎새 달, 5월은 푸른 달, 6월은 누리달, 7월은 견우직녀 달, 8월은 타오름 달, 9월은 열매달, 10월은 하늘연달, 11월은 미틈달, 12월은 매듭달인데 이 시에선 하얀 달 껍데기를 남긴 채 달 알맹이가 도망가 버렸으니 아침 하늘이 열린 10월의 하늘연달에 해당된다. 해도 달도 가장 힘이 찬 계절이 바로 시월 상달이기 때문이다. 시월 상달이야말로 달 중의 달인 으뜸 상(上)달로 친다. 가장 힘이 차 있으니 얼마나 더 외롭겠는가. 사람으로 쳐도 같은 이치인 것이다.

바람이 산을 깨워 나무를 흔들고
바람이 바다를 깨워 파도를 흔든다

바람의 작은 숨소리에
나는 거칠게 흔들린다

산과 바다는 늘 그자리에 있는데
바람이 흔들어 어둠이 사라지고
지난 어둠속에 슬픈 바람이 지나면
나는 또 무척이나 흔들린다

바위처럼 늘 그 자리에 있고 싶은데
흔들며 지나는 무심한 바람에
먼 산 가득한 그리움마저

오늘도 흔들고 지나는 바람에
가슴 시린 사연들만 길 위에 나부낀다

『바람이 산을 깨운다』전문

　　한반도에도 이젠 우기와 건기가 따로 없이 사계절의
주기가 짧아지고 여름이 길어지기 시작한다. 우중雨中인
날이 많고 자욱한 안개가 길게 널릴 때가 자주 있다.
그러다보면 무기력해지고 사는 재미가 없어지기도
하지만 늘 부는 바람만은 그냥 스쳐 지나가지 않고
한 바퀴 돌며 보고 들은 소식을 알려주니 그 맛에 사는 이들도 있다.

　김종원 시인도 <바람이 산을 깨운다>에서 바람이 잠든 산과 바다를 깨워 나무와 파도를 흔든다고 표현했다. 바람은 또 시인을 흔들어 깨워 지난 어둠속에 잠들어 있던 슬픔과 가슴 시린 사연들이 되살아난다고 했다. 바람은 그렇게 사납고 심술궂은 존재이기도 하다.

　바람과 잘 지내면 내가 원하는 방향대로 다정한 벗이 될 수 있겠지만 잘못하면 잘 다스린 심연 속 깊은 상처들까지 헤집고 끄집어내어 길바닥에 내팽개치며 사나운 강량배처럼 완력을 쓸 때도 있다. 작품 속에서 바람은 산이 되어 잠자는 화자인 시인을 이리 저리 흔들어 깨우고 속에 천불이 나게 해서 공연히 지난 기억들마저 일깨우니 지독하게 절절하고 씁쓸하게 만들고 있다.

　여기서 시인은 산이 되어 천둥소리처럼 울고 싶지만 바위처럼 속 깊은 울음을 소리 없이 울고 있다. 산이 운다는 건 지진이 났을 때나 갈라지는 소리를 내며 폭발음을 내지만 의인화 된 산은 소리 내어 울지 않는다. 잠시 흔들렸을지라도 지나가는 바람 앞에 마음을 실어 보내고 또다시 담담하게 길을 갈 뿐이다.

　이 작품에서 화자를 흔들어 깨운 바람은 심술궂게 웃으면서 시인의 마음을 울렸지만 결국 역으로 시인은 마음을 정화시키며 시원하게 웃게 되었고 처음에 웃었던 바람은 가던 길을 울면서 떠나게 되고 말았다. 깊은 내면의 상처를 다시금 일깨워도 시간이 지난 상처는 극심한 통증으로 되살아나진 않는다. 결국 마음을 흔들어 놓으려던 간악한 바람의 시도는 실패로 돌아갔고 오히려 전화위복이 된 시인의 마음은 생존을 위해 버림과 내려놓음을 선택하게 된다.

픽션Fiction은 작가가 상상한 허구의 사실들을 전개해 나가지만 논픽션Nonfiction은 사실에 근거한 스토리텔링 이다. 현실에서 제아무리 바람이 흔들어도 잠시 되살아난 가슴 시린 사연들은 길 위에 나부끼고 만다. 결국 시인은 쓰레기 같은 구질구질한 것들을 정리해버리고 마음의 승리감을 찾으며 제대로 된 정리를 해버린 것이다.

아침잠에서 깨어 둘러보니
또다시 살아있음을 느낀다

사물이 눈에 들어오고 호흡이 느껴진다
조금 전에는 죽음 같은 잠에 빠져
아무것도 못 느끼질 못했다

눈을 뜨고 보는 세상과
잠 속에서 보는 세상은 다르기에

아마도 잠은 죽음의 세계인 것 같다

보이기는 하지만 만져지지 않고
깊은 물속에서도 숨을 쉴 수가 있지만
나의 의지대로 움직여지지 않는다

그와 달리 살아 있다는 건
마음대로 움직일 수 있고 의식을 할 수가 있다
슬픔을 느끼고 기쁨도 느낀다

나의 의지를 묶어 버리는
잠은 끝없는 죽음을 향한 연습이다
삶과 죽음의 칼 날 위에서 살아가는 우리는
어떻게 살아야 하는지 알 수가 있다

세상에 의미 없는 것은 없으니
꿈속에서도 나의 의지대로 움직일 수 있게
늘 깨어 있는 정신을 유지해야 한다

『산다는 건 죽음의 연습이다』전문

　　인간은 누구든 세상에 태어나고 싶어서 태어난 이는
아무도 없을 것이다. 어쩌다 보니 부모의 영향으로

아주 대단히 높은 경쟁을 뚫고 잉태되어 열 달 동안 태중에 머물다가 탄생하게 된다. 어쩌다 보니 나온 세상이지만 그 순간만은 축복받아야 마땅하고 옳은 일일 것이다. 그러나 대단히 불행하게도 태어나는 순간부터 전장 한 가운데서 폭탄이 작렬하는 끔찍한 충격을 느끼며 성장하거나 세상에 나오자마자 운명이 달라지는 기구한 삶도 있다.

시인은 <산다는 건 죽음의 연습이다>에서 이미 오랜 세월 구불텅 뒤불텅 살아온 과정 뒤에 회상과 정리를 하는 중이므로 어쩌면 그나마 살만한 삶을 살아왔다고 해도 무리는 없을 것 같다. 물론 시인의 생애를 일일이 다 알 수는 없기에 함부로 말 할 수는 없겠지만 적어도 전장의 밤하늘에서 수많은 날들을 지옥의 공포 속에서 떨며 보내지는 않았으니 그나마 다행인 삶이었다고 할 수 있다.

희로애락을 거치며 중장년을 지나 황혼으로 접어들면 비슷한 동질감과 유대감을 느낀다고 한다. 젊은 이들은 늙어가는 것이고 노인들은 죽어가는 것이기 때문에 받아들이며 살아야 한다고 말한다. 그렇다보니 시인처럼 인생의 종착역을 향해 가고 있는 이들은 완행열차처럼 좀 천천히 갔으면 하는 바람도 있다고 한다.

젊은이가 늙어가는 것과 노인들이 죽음을 두려움 없이 담담히 받아들이는 것도 다 준비 없이는 어려운 일일 것이다. 우주와 자연의 질서이기 때문에 그것을 거부하고 살 수는 없다. 요즘은 종교기관이나 이런 저런 단체에서 가상 죽음체험을 통해 가족과 이웃의 소중함을 일깨우고 행복한 삶이 무엇인지 깨닫게 하는 프로그램들이 많다고 한다.

시인의 말처럼 아침잠에서 깨어나 살아있음을 느끼는 건 건강하다는 방증일 수 있다. 어떤 이는 잠에서 깨어나 일어나는 것조차 고통에서 출발하는 경우도 많다. "차라리…"라며 고통스런 삶을 포기하고 싶은 사람들도 의외로 많이 있다고 한다. 잠에서 깨어나 살아있음을 느끼는 건 전날 잠이 들 때 깊이 숙면을 취했다는 것일 수 있다.

선잠이 들어 자다 깨다를 반복하며 불면에 시달리는 것도 큰 고통이다. 질병, 상해, 중독 등으로 인해 생리적 기능이 극도로 저하되어 생명 활동이 최소로 제한된 가사상태假死狀態가 아니더라도 잠이 든 상태 자체는 임상적으로 본인의 의지와는 전혀 다르게 뇌 활동을 하고 있기에 일종의 죽음체험을 일상적으로 하고 있는 상태라고 할 수 있다.

시인은 꿈속에서도 나의 의지대로 움직일 수 있게 늘 깨어 있는 정신을 유지해야 한다고 마무리를 하며 마음을 다지고 있다. 의식은 깨어있는 각성상태를 말하고 꿈은 무의식 상태에서 뇌 활동을 멋대로 하는 상황이라고 알려져 있지만 실제론 인간은 의식적인 꿈을 꿀 수도 있다고 임상적으로 증명이 됐다. 잠재의식 속에서 뇌 활동을 하는 것도 자각증상에 속한다고 의학적으로 알려져 있다. 동물이나 사람의 조건반사도 반복된 훈련으로 인한 잠재의식의 행동이기에 의식에 해당되며 김종원 시인의 바람은 이유 있는 현실적인 다짐인 것이다.

무척이나
어른이 되고 싶은 적이 있었다
어른이 되면 마음먹은 대로 다 되는 줄 알았고
조금의 노력만으로도 원하는 건 쉽게
가질 수 있다고 생각했다

그토록 원하든 어른이 되고 보니
꿈과 이상이 다르듯이
실제 마주한 현실은 너무나 달랐다
한 끼의 밥을 먹기 위해서도
마음에 드는 물건을 하나 가지려 해도
세상은 어른이라고 그냥 주지는 않았다

어른이 될수록 지켜야 할 것도 너무 많고
하고 싶은 말도 함부로 할 수가 없었다

차라리 철부지 때가 더 좋았음을 이제는 안다

어른이 되어서 가는 길에는
보이지 않는 시선들과 무거운 책임이 늘 마주한다

이젠 바람이 불어도 가슴이 시려온다
아이들의 웃음소리가 너무나 좋다

어른이 되고 보니
내가 누릴 권리보다 양 어깨를 누르는 무게가
더 힘겹게 하는 걸 알게 되었다
오랜 세월을 지나고서 돌아보니

어른이 된다는 건
그냥 되는 게 없음을 알아 가는 것이더라

『어른이 된다는 거』전문

　젊은이와 어른의 차이는 이상과 현실의 차이만큼
그 괴리가 크다. 어린 시절이나 청년기에는 세상을
보는 관점이 천방지축이어서 하늘 높은 줄도 모르고
지구 밖 우주 끝까지라도 갈 것처럼 풋풋함과 설렘이
많은 순수했던 기억이 있을 것이다. 지구촌도 세상이

넓은 줄 모르고 다 내 안마당인 것처럼 건방지면서 요란했던 청춘의 시절도 있을 것이다.

시인도 무척이나 어른이 되고 싶은 적이 있었고 어른이 되면 마음먹은 대로 다 되는 줄 알았다고 예전의 순수했던 감성을 털어놓으며 작품을 시작하고 있다. 시골 태생이면 도시에서 성장한 또래보다 소극적이거나 시야가 좁을 수도 있다. 영영 해외는 고사하고 도회지조차 자주 나가보지 못 했으면 우물 안 개구리의 시야와 세계관을 형성하며 성장했을 수도 있다. 그만큼 성장기의 환경이 중요한 것은 새삼 언급할 필요가 없을 정도로 중요한 것이다.

시인도 한 때는 청운의 큰 뜻을 품고 세상을 다 마셔버리고 싶을 정도로 자신감과 포부도 컸을 것이다. 모호함을 즐긴 작가 세르반테스의 작품 돈키호테에서 책과 삶의 경계가 무너진 돈키호테를 보면 이상과 현실의 괴리를 알 수 있다. 그는 책의 구절과 인물들을 흉내 내며 이야기 속의 세계를 그대로 재연하려 한다. 미친놈이라고 조롱당해도 그의 귀에는 이미 아무것도 보이지도 들리지도 않는다.

누구나 젊은 시절에는 돈키호테처럼 정의감이나 자신감, 포부가 클 수밖에 없다. 너무 지나치게 현실 감각이 떨어지면 망상증으로 오해받을 수도 있으니 적절하게 수위조절도 필요한 것이다. 중국 송나라 최고 시인 소동파는 "지나치게 인을 베푸는 것은 군자의 행동에서 벗어나는 것은 아니지만, 의가 지나치면 잔인한 사람에 속한다. 인은 지나칠 수 있지만 의가 지나쳐서는 안 된다."고 했다.

시인도 '어른이 될수록 지켜야 할 것도 너무 많고 하고 싶은 말도 함부로 할 수가 없었다'고 나이가 들수록 책임감만 늘고 체념해야 할 것들은 많아지니 힘든 속내를 털어놓고 있다. 그는 "차라리 철부지 때가 더 좋았음을 이제는 안다"고 말하고 있다. 그만큼 삶에 지쳐간 현실적인 심정을 작품에서 드러내고 있다.

그럼에도 불구하고 "어른이 된다는 건 그냥 되는 게 없음을 알아 가는 것이더라"고 말하는 건 삶을 달관하고 받아들이는 입신立神의 경지에 이르렀다는 것이다. 화살을 쏘지 않고도 쏜다는 불사지사不射之射의 경지에 이르면 모든 게 허허로워지게 돼 있는데 시인은 이미 무위자연無爲自然에서 초연해져있다.

1월 햇살이 따스한 느낌에
산을 오른다

그래도 산인지라
오르고 오르니
분명 겨울임에도 목이 마르고

이마엔 땀이 맺힌다

가쁜 숨 몰아쉬며 잠시 둘러본다
깨알 같은 진달래 봉우리 사방에 맺혔다
진한 생명을 두 손으로 감싸 안는다
차라리 활짝 핀 꽃보다 아름답다

아직은 찬바람 가득하니
이불속에 폭 파묻혀 봄을 기다리는지
입 안 가득 온기를 물고 불어 보아도 미동조차 없다

그래 이불 밖은 춥단다
남풍불어 따스해지면 그때 나오렴

                    『이불 밖은 추위』전문

　　1월 햇살이 따스한 느낌에 산을 오른 김종원 시인은 오매불망 그리던 봄 햇살의 느낌을 아직은 한겨울 중이지만 잠시나마 대리만족감이라도 느껴보고 싶어 주변을 둘러본다. 사방에 피어나는 깨알 같은 진달래 봉오리를 발견하고 생명의 신비로움과 활짝 핀 꽃보다 아름다움을 보게 된다.

　　요즘은 계절을 망각한 꽃과 나무들이 사계절 구분 없이

불쑥불쑥 피어나는 걸 볼 때가 많다. 봄이나 한여름에도 가을꽃인 코스모스나 메밀꽃, 국화꽃을 발견할 때 신기함 보다 식물들도 환경에 적응을 못 하는 건지 아니면 너무 빠르게 적응하는 건지 헷갈릴 때가 있다.

한겨울 피어오른 진달래 봉오리가 추울 것 같아 시인은 "그래 이불 밖은 춥단다 남풍 불어 따스해지면 그때 나오렴" 하고 쓰다듬어주고 있다. 자연 속에 피어난 꽃 한 송이에도 안쓰러워하는 순수성을 간직한 시인의 감성이 따뜻한 장면이다.

봉오리를 감싸고 있는 겉껍질 잎을 추운 겨울바람을 막아주는 이불로 생각하며 대화를 시도한 시인의 감성은 억지로 애쓰지 않아도 저절로 이루어지는 자연 속의 행복한 삶을 살아가는 모습이다.

인간 세상에서는 너무 사회성을 강조하고 거기에 너무 눈치를 보며 집착하다 보면 심신이 피로하고 지치게 된다. 때로는 남들처럼 살아가는 삶을 자유롭고 행복한 삶이라고 할 수 있을까 하는 의문이 들 때도 있을 것이다. 여기서 김종원 시인은 자신만의 라이프 스타일대로 자연과 함께 호흡하고 대화하는 과정에서 저절로 힐링을 하며 명상과 사색의 시간을 보내고 있다.

1월 등산에 분명 겨울임에도 목이 마르고 이마엔 땀이 맺힌 시인은 잠깐 진달래 봉오리와의 대화를 끝내기도 전에 정작 본인이 더 이불 속으로 들어가고 싶은 심정이 되고 만다. 진달래 봉오리에게 위로와 격려를 해주면서 본인과의 대화도 함께 하고 있다.

"아이고 추워라 아랫목이 그립네. 1월인데 봉오리가 다 맺혔네. 좀 더 있다가 나와라. 아이고 나도 좀 더 있다가 산행을 할 걸" 이처럼 어느 계절 때와 장소에 따라 제아무리 자유로운 영혼이라도 생존에 필요한 행동 방식은 늘 따로 있다.

샤를 보들레르의 시 '알바트로스'에서 화자는 시인을 거대한 하늘의 왕자 새에 비유하였다. 알바트로스도 알고 보면 차츰차츰 바다에서의 생존을 위해 날개의 힘이 강해져서 더 멀리 더 높게 날 수 있었던 것이다. 하지만 정작 한계는 바다가 아닌 지상에서 거대한 날개가 거추장스럽게 무겁다는 것이다.

<이불 밖은 추워>는 아직은 차가운 북풍한설北風寒雪의 한가운데임을 알리며 어서 서둘러 하산하여 따뜻한 아랫목을 향하고 싶은 간절한 소망을 담은 겨울 어느 날 시인의 일기장이다. 등산을 좋아했던 김종원 시인도 한겨울엔 따뜻한 이불 속이 그리워지는 건 인지상정人之常情이 아닐까.

바지 앞에 두 개의 주머니 뒤에도 두 개
이것도 부족해서 위에 옷 안쪽에도
바깥에도 좌우로 주머니다

주머니가 가득 채워지면 어떤 기분일까
지갑 전화기 열쇠 각종 카드들과 동전들
넣고 다닐게 이렇게나 많았던가

보이는 주머니가 이럴진대
마음속 욕심 주머니에는 온갖 금은보화를 가득
채우고도 부족해서
남의 주머니만 자꾸 들여다본다

마지막 가는 길에 입는 옷에는 주머니가 없다는데
저 많은 걸 어디에다 담아 갈 거나

바닷물은 마실수록 갈증이 더 심해지고
욕심 주머니는 채울수록 허전해 한다

이제라도 비우는 연습을 하자
옷에 주머니를 비우면 몸이 가볍듯이
욕심 주머니는 비울수록 마음은 가벼워진다
동전 하나 못 가지고 가는 인생인데
아득바득 욕심내서 채우면 뭐하나

주머니 없는 옷 입고 두 손 쫙 펴고 갈 텐데 끝없이
욕심내 본들

다 부질 없음을 언제쯤이면 알게 되려나

『주머니 없는 옷』전문

　주머니가 많다는 건 거추장스럽고 구질구질한 잡동
사니를 담을 게 많다는 것이니 인생살이가 고달픈
사람들이 주머니가 많은 옷을 입고 다닌다. 그것은
부인할 수 없는 사실이다. 육체노동을 하면서 잡다한
공구류나 본인의 사물을 공구통이나 가방에 넣고 다
니기 불편하기 때문에 조끼나 작업복 건빵 바지를 입고
다니며 카우보이 총잡이처럼 무겁게 움직이며 다니는
경우가 많다. 일상이 그러하다 보니 삶이 얼마나 팍팍
하고 무쇠구두처럼 눅진하게 무겁겠는가.

　다른 방면으로는 레저스포츠를 즐기는 사람들 또는
군인들이 장구류와 탄약을 소지하고 다녀야 하기에
주머니가 잔뜩 많이 달린 옷을 입고 다니게 되고 장사
하는 상인들도 그런 옷을 많이 입고 다닌다. 일반적인
회사원이나 주부, 학생들은 그런 옷을 입으면 오히려
불편해한다.

　요즘엔 가벼워야 할 사람들도 의외로 잡동사니가
자꾸만 늘어나서 가방도 무겁지만 주머니가 가볍지
않게 뭘 이것저것 많이 넣어 다니느라 옷맵시가 엉망이
되는 경우도 많아지고 있다. 바쁜 일상에서 결코 그

사람의 욕심보가 커서 그런 게 아닌데도 자꾸만 구질구질한 소지품들이 많아진다. 예전엔 산업현장에서 안전사고가 빈번하게 많을 때 작업복에 주머니를 아예 없애거나 꿰매버린 사례도 있었다. 바지 주머니에 손을 넣고 걷는 입수보행入手步行을 금지하기 위한 조치였다. 그런 뒤에 실제로 다치는 사례가 확연히 줄어들었지만 어느 순간 다시 원래대로 돌아가고 말았다.

자질구레하게 무엇이 유난히 많은 사람을 비유해서 주머니가 많다는 표현을 쓰기도 한다. 김종원 시인이 말하는 주머니도 이것저것 구질하게 욕심이 많아서 내용물을 가볍게 비워야 한다는 것이다. 인생은 빈손으로 왔다가 빈손으로 간다는 공수래공수거空手來空手去라는 말도 있지만 그건 너무 허전해서 그런지 끝까지 아금박지게 욕심보를 놓지 않는 사람들도 많은 게 사실이다.

살면서 너무 욕심이 없으면 거지가 되기 십상이라서 욕심 부리지 않을 수 없으니 그럴 수밖에 없는 것도 현실임을 감안해야 할 것이다. 그래도 화자는 비우는 연습을 자꾸만 하자고 주문하며 메시지를 전하고 있다. 중요한 핵심은 일상에서 정리하는 삶일수록 오히려 더 충만한 에너지가 샘솟는다는 것이다. 비우니까 새롭게 채워지는 것이 놀랍고 신비로울 정도로 자주 일어나니 시인이 비우는 연습을 자주 하자는 것도 전혀 빈손인 허허로운 일상이 되자는 말은 아닌 것이다.

저마다 질량의 무게나 그릇의 크기가 다른데 큰 그릇의 소유자는 일생동안 채워도 다 채우지 못하고 항상 허기진 삶을 살아가는데 비해 그릇의 크기가 작은 사람은 금방 금방 그릇이 차 버리니 자주 비워야 또 다른 것들이 들어오게 돼 있는 이치다. 들어차 있는 것만 아까워서 비우지 못 한다면 들어올 것도 들어올 빈공간이 없으니 딱 그만큼만 부여잡고 살게 되어 삶이 팍팍하게 되는 것이다. 그래서 비우는 것이 채우는 길이라고 할 수 있다.

김종원 시인이 말하는 청빈한 삶도 오히려 에너지가 충만해지니 복을 채우는 길이 되는 것이다. 들어올 것을 맞을 준비도 하면서 살아야 좋은 일이 생긴다는 메시지다. 주머니 없는 옷을 입고 두 손 쫙 펴고 갈 때까지 비우고 또 충만해지면 다시 비우면서 사는 것이다. 물질이 되었던 그 무엇이 되었든 채우는 것들은 쓸려고 채우는 게 대부분이다. 다시 들어올 공간을 만들면서 사는 것도 지혜일 수 있다.

하늘 높이 날고 싶다

가진 것 없이 작은 몸으로 태어나
잠시도 머물지 못하고
열심히 날아다녀도

한 끼의 밥조차 배불리 못 먹는 나날들

늘 하늘보다는 땅만 보고 살아간다
해가 져 물어도 돌아갈 집조차 없고
비가 오면 그저 온몸을 웅크리고
비가 그치길 기다리는 수밖에 없다

그래도 가슴속에는 작은 희망 하나
시간의 흘러 몸이 더욱 커지면
긴 날개를 활짝 펴고 푸른 창공을
아무도 나를 얕보지 못할 만큼 더 높이 날고 싶다

꿈에서 깨어보니
오늘은 어디서 주린 배를 채울까

『참새의 꿈』전문

　이 작품에서 시인은 1연과 5연에서 일상탈출을
간절하게 원하고 있지만 현실의 족쇄는 화자를 놓아
주지 않으니 벗어나고 싶은 마음을 참새에게 투영시켜
표출하고 있다. 참새라는 대상 역시 가엽게도 이리저리
먹이를 찾아 헤매야 생존할 수 있는 조류로 화자의
방황하는 마음과 동일시하고 있다. 그러나 본질적으로

참새와 김종원 시인이 차이가 있는 것은 참새는 하늘을 자유롭게 훨훨 날아다닐 수 있는 날개를 가졌지만 그에겐 날개라곤 없이 현실의 무게감과 묵직하게 발목에 채워진 족쇄만 있을 뿐이다.

4연에서 화자는 '아무도 나를 얕보지 못할 만큼 더 높이 날고 싶다'며 그동안 생활의 늪에서 이리저리 부딪히며 깨진 상처를 치유하고 더 높이 날고 싶다는 마음을 드러내고 있으니 더 이상 수렁 속에서 헤매고 싶지 않다는 마음의 청소를 하고 있다. 참새가 꿈에서 깨어나면 '오늘은 어디서 주린 배를 채울까' 하고 고민이야 들겠지만 새로운 공격목표나 계획이 생기며 생기가 돌게 돼 있다. 그것이 생태계의 생리다. 물론 더 큰 짐승이나 조류에게 잡아먹히지 않으려면 필사의 노력으로 생존해가야만 한다.

김종원 시인이 생태계에선 별로 힘도 없는 불쌍한 참새라는 조류에게 자신의 마음을 실어 투영시킨 것은 그나마 참새는 하늘을 자유롭게 이동하며 날아다닐 수 있으니 얼마나 부러웠을까. 이 시에서 핵심은 단순히 부러움에서 하는 넋두리는 아닌 것이 화자도 새처럼 자유롭게 일상탈출 해보고 싶다는 열망을 표출했으니 쉽게 포기하거나 좌절하진 않겠다는 의지가 엿보이는 것이다.

아내가 임신하면 남편이 함께 식욕상실이나 메스꺼움,

구토, 치통, 우울감, 긴장, 신경과민 같은 증상을 경험하는 현상을 알을 품거나 부화한다는 뜻으로 '꾸바드 증후군Couvade Syndrome'이라고 하는데 김종원 시인은 자신의 불안한 감정을 누르며 참새가 불쌍하게 보여도 자유롭게 활공하는 모습으로 본인을 투영하고 전치轉置시키며 자신의 다른 모습으로 변신하고 싶은 강렬한 욕망이 방어기제의 메커니즘으로 나타난 것이다.

  시인의 시세계는 비탄의 허무주의도 아니고 지독한 페이소스pathos와 우수에 젖은 멜랑꼴리의 그림자에서 점점 벗어나기 위해 필사의 노력으로 쌓은 면역효과의 극대화를 이루어가는 작품들이 많이 눈에 뜨인다. 예방주사처럼 미리 '아프다' 또는 '힘들다'와 외롭다거나 그립다는 작은 메시지를 여러 번 자주 내보냄으로서 그런 것에 쉽게 걸려 넘어지거나 좌절하지 않는 '면역효과inoculation effect'를 체득하고 있는 상태로 보인다. 옛날 유배지에서 위리안치 된 사람들이 죽지 않고 생존한 방식과 유사하다고 할 수 있다.

자그마한 항아리를 샀다
뭔가를 담으려는 것보다 투박함이 좋았다

나를 닮은 듯이 배가 불룩한 게
친숙한 느낌에 자꾸만 바라보게 된다

볼수록 입가에 미소가 번진다
비워있는 게 아쉬워 물을 조금 채워서
햇살이 잘 드는 곳에 두었더니

하늘빛 태양이 목욕을 하고 간 뒤에는
바람이 와서 파도를 타고 간다

어둠이 내려오니 별보다
먼저 둥근달이 몰래 목욕을 하고 간다

항아리속이 궁금한지 하늘 식구들
모두가 오가며 들여다 본다

눈 내리고 봄이 오면 항아리 속에
어쩜 꽃이 피는 건 아닐까

『하늘을 담은 항아리』전문

　　새장 속에 갇힌 새에겐 유리창에 비친 하늘도 하늘
이다. 자유란 그런 것이다. 유유히 흘러가는 구름과
달빛, 파란 하늘도 자유이다. 안과 밖 경계선 하나에
자유로움과 통제된 일상의 차이가 있는 것처럼 비록
박제된 일상을 보낼지라도 영혼이 자유로운 시인은

새로운 세상에서 살아간다.

<하늘을 담은 항아리>는 화자의 자유를 향한 갈망이고 염원의 상징물이다. 시적 상상력을 동원하여 하늘빛 태양이 목욕을 하고 간 뒤에는 바람이 와서 파도를 타고 가는 모습을 보며 작은 연못 같은 항아리에 심리적인 위리안치에 놓인 자신의 모습을 함께 투영시켜 거기서 자유를 누리고 있다.

김종원 시인의 일상은 큰 욕심 없이 작은 행복을 꿈꾸고 있다. 마지막 연에서 그 소박한 마음이 나타나 있다. "눈 내리고 봄이 오면 항아리 속에 어쩜 꽃이 피는 건 아닐까" 대과大過 없이 성실하게 선량한 이웃으로 생활인으로 살아온 시인에게 항아리 속 햇살처럼 작은 행복조차 느낄 수 없었던 날들이 문득 되살아나 마음이 추운 상태라고 할 수 있다. 그럼에도 불구하고 언제나 그랬듯이 시인은 담담淡淡한 장자풍長者風의 풍모로 일상을 굳건히 견뎌낸 질량이 작품에서 엿보인다.

세상의 온갖 풍상 산전수전山戰水戰 다 겪고 견뎌낸 노장들은 결코 자잘한 일상의 어려움에 쉽게 흔들리지 않는 법이다. 김종원 시인도 이제 넉넉한 마음으로 안분지족安分知足하며 일상을 보내고 있다. 다만 그 소박한 행복인 항아리 속에 비친 하늘이 계속 자주 이어졌으면 하는 바람이 작품 속에 깃들어 있다.

불교 경전에 나오는 동체대비同體大悲라는 말이 있다.

모든 중생이 겪는 괴로움을 자신의 괴로움으로 삼는 자비를 말하는데 '상대가 나에게 자비를 베푸는 것은 곧 자신의 몸에 자비를 베푸는 것'이라는 뜻이다. 갈수록 지구촌 곳곳에 전운戰雲이 감돌고 있고 나라별로 경제와 안보가 불안해지고 있는 가운데 사람들의 마음도 각박해지고 있다. 이젠 개인주의와 이기주의를 넘어서 헝거 게임과 지옥 같은 오징어 게임이 갈수록 치열해지는 세상이다.

제아무리 좋은 경전의 법문이나 성서구절의 말씀을 이야기해도 사람들의 마음은 점점 거칠어져 가지만 그럼에도 불구하고 세상은 살만하다는 희망을 버릴 수는 없다. 김종원 시인은 야금박지게 그 희망을 항아리 속의 하늘에 비유해서 소박한 일상의 행복을 일갈하고 있다. 그 누구도 훔쳐갈 수 없는 또 훔쳐가서도 안 되는 희망과 행복인 것이다.

■ 나가며

시는 절대 고독의 결과물일 수 있는데 외로운 늑대의 깊은 울음과 같은 내면의 내용물을 드러낸 것이라고 할 수 있다. 그것을 하울링을 통한 실존의 시그널이라고 한다. 김종원 시인의 <가끔은 길을 잃고 싶다>의 시편 전체의 핵심은 김종원 시인의 오랜 울음이며 오래도록 길을 걸어온 삶의 흔적이다. 시인은 탄생, 축복, 절망, 탄식, 새로운 희망의 과정을 겪으며 사막에서 낙타를 타고 오아시스를 찾아가고 있었다.

거기서 때론 신기루를 보기도 하고 절망 속에서 실낱같은 기대도 걸어보며 또 걸어가게 된 것이다. 삶의 숲에서 우리는 내남없이 많은 만남과 헤어짐 그리고 다양한 경험을 하기도 한다. 그때마다 김종원 시인처럼 느낌을 기록해두면 아득한 시간 뒤에 애써 그 흔적과 기억을 더듬지 않아도 추억의 앨범과 함께 문학작품을 만날 수 있게 된다.

한참 뒤에 회상을 하다 보면 시공을 초월한 시간 여행을 통해 희미한 더듬수를 두어야 하기에 왜곡된 기억이나 그리움도 떠올릴 수 있다. 그리움의 대상과 기억은 진솔한 흔적이며 진정성 있는 삶의 기록이라고 할 수 있다. 그런 과정 속에서 김종원 시인의 살아있는 시가 탄생된 것이다.

시와 에세이의 차이는 문장이 짧고 긴 것일 뿐 작가가 인간답게 살아가기 위한 성찰과 사색의 기록물이며 근본적으로 인간애를 바탕으로 했기에 문학이라고 표현하는 것이다. 여기에 상재된 106편의 작품은 긴 장편 서사를 짧은 시로 축약한 것이며 영화나 드라마의 자막처럼 화자에겐 중요한 이야기지만 독자에겐 어쩌면 지나치기 쉬운 슬픈 독백일 수도 있는 한계가 있다.

그럼에도 불구하고 시인은 끝까지 아금박지게 <가끔 길을 잃고 싶다>고 독자들에게 손을 내밀고 대화를 청하고 있다. 시 전편을 읽은 뒤 느낌은 시원하고 깔끔한 카타르시스였다. 처음에 들어갈 땐 슬픈 듯 조금은 회색빛 구름 속으로 빠져들었는데 나올 땐 시인의 마음과 함께 씻김굿을 통해 맑게 정화가 되었다. 시인의 <가끔 길을 잃고 싶다>는 오랜 삶의 궤적이자 치유의 흔적이다.

옛날에 과거科擧에 급제及第하여 벼슬을 하게 되면 사모관대紗帽冠帶를 착용했었다. 근 현대에 와서 국가공무원 시험 제도로 바뀌었지만 그 근원은 글공부 많이 하여 글재주를 시험 보는 것이었다. 글공부만 제대로 잘 하면 나랏일을 보는 벼슬아치가 될 수 있었던 것이다. 문인들에겐 첫 관문이 등단이라는 제도이고 두 번째는 문학상 수상이며 세 번 째 즐거운 일은 본인의 단행본인 시집이나 에세이집, 소설집 등을 내는 일이다. 물론 그 순서가 바뀌어도 즐거운 일이고 축하할 일이다. 김종원 시인의 두 번째 시집 <가끔 길을 잃고 싶다> 출간을 진심으로 축하드리며 계속 평안과 행복이 충만하고 문운이 활짝 만개하시길 기원드린다.

가끔 길을 잃고 싶다

김종원 제 2시집

초 판 인 쇄	|	2024년 8월 10일
발 행 일 자	|	2024년 8월 10일
지 은 이	|	김종원
펴 낸 이	|	김연주
펴 낸 곳	|	도서출판 성연
등 록	|	(등록 제2021-000008호)경남 창원
사 무 실	|	창원시 성산구 대원로 27번길 4(시와늪문학관 내)
디 자 인	|	배선영
편 집 인	|	배성근
대 표 메 일	|	baekim2003@daum.net
전 자 팩 스	|	0504-205-5758
대 표 전 화	|	010-4556-0573
정 가	|	15,000원
제 어 번 호	|	ISBN: 979-11-986868-2-4